思えばたくさん呑んできた

椎名 誠

草思社

はじめに

居酒屋のしくみにはつくづく感心します。とりわけヤキトリが作られる過程がすばらしい。炭の燃える気配。パチパチはぜる音。濃厚なタレの匂いを先行させる煙のはたらき。たったこれだけの配役で居酒屋のヨロコビをすべてバランスよく揃えてしまっている。

ここに「おでん」が加わってくると居酒屋の魅力はそっくり落ちつきを持ってくるのです。

これだけ安定してまとまった一座は日本にしかないようで、じつにまあ、いい国に生まれたものだとよろこんでおります。

はい。ではまもなく開店、ですね。

椎名　誠

カバー・扉イラストレーション　浅妻健司

思えばたくさん呑んできた

もくじ

はじめに 3

1 海釣りと焚き火酒

流木焚き火酒の魅惑 20
新鮮魚には日本酒だ 22
冬の焚き火酒のシアワセ 24
ドロメ祭りでイッキ飲み 26
春の焚き火には
ホットウイスキー 28
波見酒、火の踊り酒 30
釣りたてイカの天日干しが
ウメーヨオー 32
秋の堤防小サバ釣り 34

釣り魚の味わいどき 36
堤防の悲しいサケ 38
おいしさが
海風に乗ってくるようだ 40
五キロのタコで豪快宴会 42
宮古島のオトーリ 44
泡盛のソーダ水割りが
ヤルぜ！ 46
波濤酒と椰子蟹 48
八丈島のキツネ 50
小笠原諸島のラム酒 52
奥会津の白濁酒 54

2 酒と青春

山里の春のしあわせ 56
北の冬の大ごちそう 58
赤ワインだって冷やしたほうが 60
ハイボールの追憶 64
真夏のビールデスマッチ 66
あばれ酒 68
まぼろしの「くりから」 72
納涼スイカロック 74
パウロさんのサケ 76
消えた新宿の名物店 78

スーパーカクテル 80
ライオンビアホール 82
銀座の屋上で車座乾杯 84
謎のスリスリ 86
沖縄の贅沢「ゆんたく」 88
早朝とりたてのヤシ酒 90
酔っぱらいみこし 92
酒粥 94
しじみ 96
しあわせの雪洞宴会 98
芸者ワルツ 100
ブランデーのお湯割り 102

3 ビール礼讃

音を立ててグラスを磨く 106
しゃらくさい乾杯 108
悶絶生ビール 110
古代の乾杯 112
うまいビールの不滅の法則 114
ジョッキの中の氷盤 116
ラッパ飲みの快楽 118
痛風問題 120
ビールと駅弁 124
麻雀と酒の関係 126
尿酸値と、救いの神ノンアル 128

4

コロナと家飲み、近場飲み

オンザロックのノンアル割り 130
人生は黒ビールだ 132
久々の逸品 134
ランチョンのしあわせ 136

新発見、生ハムの実力 140
ありがとう、コロナビール 142
規則的なコロナの日々 144
いま一番好きなサケと時間 146
入院とビール 148
懐かしい居酒屋時代 150

名古屋のうまさに詫びる 152
危険な深夜の一人ザケ 154
国籍不明のサケ 156
いい奴、瓶ビール 158
ワインの水割り 160
下駄と鴨南 163
酒を置く場所 166
春らんまん、秘密の一人酒 168
わしらの屋上宴会 170
北風に似合う焼酎の梅干し割り 172
新宿三丁目がすごいぞ 174

5 人生いろいろ、酒もいろいろ

野球はビール、相撲は日本酒か？ 176
酒場ルポと飲む 178
大酒飲み大会の実況 180
お約束の「お迎え」ずずる感 182
酒は根性でいくらでも造れる 186
突然ながら、好きな酒ベスト5 188
わが浮気の酒遍歴 190
いきなりハイボールなのだ 192
ガクンと膝にくる酒 194

カクテルがよくわからない 196
懐かしのピスコ 198
スペイリバーの原液の水割りウイスキー 200
海のウイスキー『ボウモア』の深い陶酔 202
極低温のウオトカにトマト丸かじり 204
ウオトカ・クミス 207
ジャガイモ酒を発見! 209
そろそろグラッパを 212
カバランにびっくり 214

ライ麦ウイスキーをさがして　216
本格サウナはマールか　グラッパで　218
チリワインと子羊の丸焼き　220
シャンパンの痛い思い出　222
鍋でシャンパン　224
氷酒　226
木から造るサケ　228

反省と乾杯　あとがきに代えて　231

本書は、「月刊たる」（たる出版）での連載
「酒ゴコロ、男ゴコロ」（二〇一二～二〇二四年掲載分）を
再構成の上、加筆修正したものです。

思えばたくさん呑んできた

1

海釣りと焚き火酒

流木焚き火酒の魅惑

「わしらは怪しい雑魚釣り隊」という二十人あまりの男たちの集団があって、今年で八年。毎月テントが張れて焚《た》き火ができる海岸を探し、〝食える〟サカナを適当に釣って、それを雑魚鍋、雑魚焼き、雑魚めしなどの肴《さかな》にして飲んでいる。

しかし日本はなぜか異常に海岸の焚き火を禁止しているところが多く、キャンプ場などではそういう焚き火宴会はできないから、長年のあいだ関東近県で三〜四か所の、おれたちだけが行ける秘密のキャンプ地に行っている。散歩の人もおらず密会男女もおらず誰かに出会うとしたら夜更けのユーレイぐらいのものだ。

季節は夏から秋がなにごともいい状態になるが、真冬も、雨のときも、雪のときもそれなりに楽しい。

核心はやはり「焚き火」である。少し前にシケがあって海岸に新鮮な流木がたくさん転がり集まってきているタイミングが一番シアワセです。

ときには信じられないくらいの大きさの、造形的にも美しい（波がそうするのだが）流木が砂浜じゅうに転がっていたりする。

帝国ホテルのロビーに置いても十分通用するようなのを集めてきて眺めているがやがて惜しげもなく燃やしてしまう。雑魚鍋つつきながら各自、好きな酒を飲む。夕陽の頃までは圧倒的にビールだが、あたりが暗くなり、風も冷たくなってくると、それぞれ自分の好きなサケに向かっていく。

そのために毎回、酒屋の引っ越しみたいに各種、大量のサケを持っていくのである。焚き火を見ながら飲んでいるといくらでも飲める。あれはなんでだろうか。焚き火は人生みたいなもので、みんながさつな日々の思いが浄化するからだ、という説がある。酒場みたいに酔って大きな声で騒ぎまくるガキどもがいないから自分のココロのペースでいける。閉店がないし、酔っても家《テント》まで本当に這《は》って三分で帰れる、というところもまた魅力なんだなあ。

新鮮魚には日本酒だ

今回も雑魚釣り隊の釣りキャンプの話だ。キャンプの夕食のおかずになるような獲物は海から得る。マグロを筆頭にカツオやサバなど、（マグロやカツオなどは釣ってすぐは固いが）時として魚屋が開けるのではないかと思えるくらいの大漁になったりする。キャンプ料理は、釣ってきた獲物がほんの二、三時間後にはまな板の上の刺し身となって出てくるのがほとんどだから、もう圧倒的に申し訳ないほどうまい。

まずは気軽に飲めるものとしていつも大量の缶ビールを持っていく。陸《おか》っぱり（岸から竿《さお》を投げて釣ること）などではまぁ、軽く飲みながらあてもなく釣りをすることも多いが、全員揃っての刺し身大会などになると、もう、しこたまビールを飲んでいるということもあるのだろうが、新鮮な魚にはビールとはちと食感が違う日本酒がいい。魚が新鮮であればあるほど相性がわかるというもんだ。

いろいろ試した結果、冷酒がいい。ビールやウイスキーなどは、持参の歯を磨くときにも使うようなブリキのシェラカップなどでも一向に構わないのだが、日本酒となるとそうはいかないというのも不思議で、一番いいのは湯呑み茶碗である。よく洗って乾燥し、茶碗の内側が真っ白に輝いているようなものに、清酒をとくとくと注ぎ、半分くらいまで満たしたやつをぐいっと飲み、新鮮な刺し身を一《ひと》箸、二《ふた》箸、ついでに三箸も食べては、また日本酒をぐい。

長い経験からどうやらこれに勝るものはないようで、その黄金コンビの座は到底ゆるがないような気がする。

冬の焚き火酒のシアワセ

毎月一度のペースで釣りに行く。だいたいオヤジ十人〜二十人前後。キマリはないが基本は焚き火とテント泊だ。当然自炊、ということになり、当然その日の釣果《ちょうか》が焚き火料理の主役になる。

しかしこれがなかなか難しい。天候とかキャンプ海岸の状態（風の強弱や焚き火のもとになる流木があるかないか）。もっともしゃらくさいのが「ここは焚き火禁止」という場所が日本にはいっぱいあることだ。管理員などと腕章をした人が嬉々《きき》として「禁止です禁止です」とツゲにくる。「なぜいけないんですか？」と聞くと、百パーセント「そういう規則なんです」と答える。監視員にも禁止の理由はよくわかっていないのだ。日本は規則がめしより好きだ。

だから天候が安定し、流木がいっぱい転がっている海岸があって、規則です規則で

す規則ですと三十八回言ってくる監視員のいない海岸で、その日運よく食える魚が釣れてきて、よく冷えたビールがあって風のここちいい夕方になっている、などという「黄金キャンプ」は年に二〜三回しか実現しない。毎月行っているのにこの程度の〝打率〟なのだ。これらのどれかが欠けても気分のいいキャンプ酒宴にはならない。

忘れていた。ここに季節が大きくからむのだ。夏は大きなバッテリーを持ったキャンパーが大勢やってきてここまできてやるのか君たち！というくらいのキャンプカラオケなんてのをがなる親父《おやじ》もいるし、花火大会をずっと続けているガキがいる。しかもそいつらは自分らがまき散らしたゴミを絶対片づけない。

だからおれたちは冬のキャンプに賭ける。冬は獲物の魚の種類が少なくなるし、釣りも難しくなるが、それだけに釣れたらたいそう価値のある獲物になる。焚き火は料理のためおよびおれたちの暖をとるための重要な主役になる。そいつを囲んで飲むサケが、まあとりあえず、今おれたちの飲むサケのダントツナンバーワンである。これはもう金輪際そのランクをおびやかされることはないはずだ。

ドロメ祭りでイッキ飲み

雑魚釣り隊の関東群と関西勢合計十七人で四国の高知に集まった。町は何かいろんなものを食う、という趣旨の「おまつり」をやっていて、その中に「ドロメ祭り」というのがあった。ドロメ?……なんだか怪しい語感だが、生のシラスのことを言うらしい。けれど行ってみるとそうは言いつつ生シラスとは関係なく、大酒飲み大会なのであった。

大相撲で優勝した力士が両手で持ち上げて飲み干しているイメージの朱塗りの大杯に一升の日本酒を入れてイッキ飲みする、という危険なタタカイであった。我々はそこに招かれてしまった。大酒飲み集団だから遠慮はしないが、イッキ飲みというのはふだんまずやらない。もったいないからだ。

しかし聞いたら春の大会なので五合であるという。会場には男も女もたくさんの参加者がいる。高知は有名なハチキンと呼ばれる、キップがよくて大酒飲みのいい女がたくさんいるが、そのハチキンもけっこう参加していたようだ。我々は代表二人を出場させた。一人は徳島出身でいつも阿波踊りをやりながら飲んでいるから、ここでも阿波踊り飲みを指令した。しかし参加者はみんな真剣で、男女とも十五秒平均で五合をしっかり飲む。

飛び抜けていたのはハチキンあがりの芸者さんで、婉然《えんぜん》と五合を五・六秒で飲み干した。こうなると我々も真剣にならざるを得ない。仲間うちで一番力士に近い名古屋の体重百二十五キロの隊員を出場させ、ハチキンを上回る五・一秒で優勝した。夏の一升酒本大会にシードされた。

春の焚き火にホットウイスキー

冬のあいだは、寒いのでさびれた海岸べりにたくさんある古民家を一軒借りて釣ってきたサカナをさばき山賊じゃなかった「海賊の宴会」のようなものをやって酔っぱらっては雑魚寝していたが、三月頃からは基本の海べりキャンプになった。

各人、いろんなテントを張って寝場所を確保し、厨房《ちゅうぼう》大テントでサカナをさばき、流木焚き火を囲んでやっぱりみんなで酔っぱらっていた。

このあいだは三浦半島の先端近くにある、おれたちの秘密のアジトで大宴会をやってきた。二班に分かれた釣り班はその日の早朝から大きな獲物を狙って釣り船で沖に出たり近くの堤防や磯《いそ》で小物を狙うものに分かれた。〝遠洋漁業〟チームは、太刀魚《たちうお》、キンメダイ、各種イカ類の水揚げだった。

近場の小物狙いチームはメバルやギンポがとれた。大物は刺し身になり、小物は一緒くたにして「天ぷら」や「磯鍋」の具になる。

主食が足りないから「うどん」と「ヤキソバ」をそれぞれ三十人前ぐらい買ってきている。これだけあればまあたいてい文句は出ない。春先の野菜はどれもうまいから昼めしはウドとかイモとかレンコンなどいろんなものを天ぷらにした「天ぷらうどん」で、これがヒジョーにうまく、いやはや食いましたなあ。

夜は焚き火を囲んで巨大フライパンめし。一回十人前はできるキャベツ入りヤキソバだ。三浦半島の春キャベツはやわらかくて甘くてうまいんだなあ。

海浜焚き火宴会は閉店というものと、お勘定というものがないのでみんな果てしなく飲んで食う。この日、ぼくはもっぱらウイスキーのお湯割りだった。夜の寒さは体の前面は焚き火でなんとかなるが、背中の寒さはホットウイスキーがなんとかしてくれる。

波見酒、火の踊り酒

花見酒というのは、その文字を読んだり耳にしたりする語感がいずれもここちのいいものだが、よく考えるとわが人生でこれまでちゃんとした花見酒をしたことが一度もない。ちゃんとした、というのがどういう状態を指すのかわからないが、まあ、よく写真にあるような、花の木の下でいかにも気心知れた仲の人々が笑い顔で飲んだり踊ったりしている様子を見て「ああ、いいなあ」と思うぐらいのもので、本当に自分自身がそんな体験をしたことがないというわけだ。もしかするとこのまま歳をとっていくと、一生花見酒をせずに死んでしまうのかもしれない、と意味なく焦ってしまったのだった。

それでもよく考えてみると、ぼくはずいぶんむかしから十数人らの仲間と海、山、川へのキャンプ旅を続けてきた人生だったから花ではなく「火」を前にして飲んでききた。焚き火である。焚き火酒は百回はとうに超えていると思う。エバル話じゃないけんど…。

魚を釣るのがメインで、そこらの宿に泊まると十数人の部屋代はバカにならないから、みんなテントに焚き火ということになっている。だから非常に高い頻度でその親父宴会の周辺には、当然ながら海が広がっている。波も荒く風も強い日もあるが、この荒波を見ながら焚き火の火も大きくして、豪快に酔っていく波見酒プラス火の踊り酒というのだったら、ちょっとそこらの人とは比べ物にならないくらいたくさん体験していると思う。

周辺に同じようなことをしている人はほとんど見たことがないから、花見客同士などでよくあるような酔った上での他愛のない喧嘩《けんか》騒ぎもないし、昼間の釣りの疲れで、夕闇が濃くなってくる頃には、映画で見るカウボーイのように火のそばでごろんと寝てしまう奴もけっこういる。こういう独自の野外酒の宴をやり続けてきたから、まあとりあえず満足しているのだ。

釣りたてイカの天日干しがウメーヨオー

毎月行っているおれたちの釣り軍団はだいたいいつも十五人ほどだ。

このあいだは三浦半島から東京湾の真ん中あたりに行ってスルメイカを七十杯ほど釣った。これは船上ですぐにさばき、洗濯物みたいに紐の上に並べて干しながら帰港する。

太陽と海風にあたって二〜三時間で食い頃の生干しになっている。

こいつをキャンプ地のタープ（でっかい日除けテント）の下でちょっと焼いて輪切りにし、マヨネーズと七味トウガラシをふりかけて食う。当たり前のコトを言ってしまうが、世の中にこれほどビールに合う肴はないような気がする。日本の男の体はイカでできているのだ。

「肴はあぶったイカでいい」

と港の姐《ねえ》さんは言うがマヨネーズと七味トウガラシを忘れてますわね。

夏の終わりの海岸で飲むビールは出航前に大きなクーラーボックスにクラッシュアイスをぎっしり入れて、缶ビールをぶち込み、これ以上冷えられるものなら冷えてみろ！と気合を入れてどどんと沖に出ていく。兄弟船じゃけん。

釣り船が港に戻るのはたいてい午後一時ぐらいだから腹が減っている。長時間干して乾燥しすぎたイカはやっぱりサケの肴にするのが生きる道だが、生干しイカはまだ身がたっぷり厚く、歯ごたえサクサクハクハクでめしみたいなものになる。それでもってビールは真昼のお味噌汁ですわ。

「ウメエーヨオー！」

と仲間の何人かが海だの空だのに向かって犬みたいに叫んでいる。おれたちの夏祭りだ。

秋の堤防小サバ釣り

秋は本当にありがたい季節で、仕事をするのでも、野山を歩くのでも、この季節ほど快適なものはない。いや、春のほうがいい、と言う人もいるが、それはすぐに眠くならない人が言っているのだろう。ぼくのように日頃から不眠状態の続いている者は、春は気を許すと昼間どこでもすぐに眠ってしまうので危険な季節なのだ。そのぶん秋というのはいいヤツで、そこらに寝転がったとしても、時がたてばやがて冷たくなった風が自然に起こしてくれる。

もう半ば仕事となってしまった趣味のひとつは、毎月、日本のどこかへ魚を釣りに行くことだ。港の岸壁から竿を出す通称陸《おか》っぱりという釣りは、まあ小サバとか小アジぐらいが上物で、あとはベラとかフグなどのエサ取り雑魚とのやりとりに時間をとられるだけだ。でもそうしたやりとりそのものが楽しいのであり、秋というのは、そこらの堤防の端に座って竿を振り回すのに最適の季節なのだ。

通常は朝六時台に東京を出て、関東の沿岸ならどこでも二時間ほどあれば到着してしまう。そこで当てずっぽうに竿を出す。秋は小さな魚群がよく回ってくる。サビキといって針をたくさんつけた竿でそれらの小さな魚を狙うのだが、帰りの車の運転手を確保しておいて、ビールなど飲みながら二時間ほど竿を上げ下げしているのはまさしく秋に限るのだ。

たいてい仲間の誰かが小さな石油コンロ（ラジウス）を用意し、釣れた小魚はカッターナイフで腹をさいて、油を入れたフライパンに放り込み、カラカラチリチリと簡単に火を通す。酒の肴に最適で、時として近海のメバチマグロの中トロなんかよりも、これのほうが本当にうまいうまい、と大声で叫んだりするのである。

釣り魚の味わいどき

本日も釣りに出る。岸辺から釣る者と、釣り船に乗って沖まで行って一日がかりで大物を釣ってくる者と二手に分かれる。これまでずいぶんいろんな魚を——しかも当然ながら新鮮なヤツを肴に酒盛りをしてきた。

知っている人はわかると思うが、魚は大物になると、釣ったばかりだとまだ身が固くて、刺し身にしてもうまく嚙《か》みきれないくらい弾力があり、まあ、はっきり言うと、思ったほどにはうまくはない。

だいぶ前だが能登《のと》半島で八十センチクラスのタイとアラがどっさり釣れて、おれたちは二十人ほどいたが、三日間それらを食っていくだけでシアワセに生きていけた。はっきり言えるのだが、大きな魚は釣ってきたばかりの初日の刺し身は、いわゆるゴムを嚙むような食感で、魚ではなく動物じみていた。大勢での競争意識もあるからアゴや歯に力を込めて、がつがつ食べたが、本当にアゴが疲れた。クーラーボックスに氷詰めにして翌日も食べたが、前日よりは脂身の部分がいくらかやわらかくなっていて、まだアゴは疲れるものの、ようやく味わう、という感触になった。

魚は大きいし何匹もあるので、その日は獲物の半身を柵状に切って、醬油《しょうゆ》だれによる、いわゆる「ヅケ」にしておいた。そうしてまた三日目の夜も同じように酒の肴となったが、そのあたりでようやくタイやアラが力をゆるめたようで、しっかり嚙みきれるし、深く味わえるようになった。

そうして驚くべきは、「ヅケ」にしたやつがべらぼうにうまく、その日になってようやくごはんのおかずにして食べられるようになった。この「ヅケ」とごはんの組み合わせが酒の肴には最高だ、という発見をしたのだった。

堤防の悲しいサケ

釣り船はかなり効率よく狙いの獲物を釣らせてくれる。魚群探知機で海の中を探査し、その水深を教えてくれるままにあっちだこっちだと竿を出していくのでそのうち鵜飼《うかい》の鵜になったような気分になってどうも情けない。

適当な堤防などから釣り竿を出して港内を回遊してくるイワシやアジなどのまだ小さなやつを適当にひっかけて釣りあげるというほうが気分はいい。

でもこの堤防釣りではなかなか釣れないのもたしかで、岸壁の端に立てた小さな組み立て椅子に座って何度も餌《えさ》を付け替え、あとは海や空を見てボーッとしているだけ、というコトのほうが断然多い。

したがってクーラーボックスに缶ビールや缶ハイボールなどを入れていって、これを飲む頻度が高くなる。

なにしろ今年はずっと怒りくるったような太陽の下だったのでそういう冷たいサケを飲むしかやってらんねえ、というコトになる。

そういうありさまだからいざというときにサケの肴というものは何もない。

だからそいつを今釣ってるんじゃねえの、と次第にクラクラしてくるアタマで考える。

でも何か釣れたとしてもそれをサバイて、食い物にまではなかなかできない。せめてもっと飲むか、と思うがクーラーボックスはカラだ。

仕方がないので酔いの余韻のシッポをつかんで体から抜け出さないようにして「せめて刺し身になるようなのを一匹釣るまで」と祈りながら頑張る。でも今までまったく釣れなかったのに「おまたせー」などといってカタチのいい魚がいきなりじゃんじゃんあがってくるわけはなく、太陽が傾き始めた頃にやっと諦める。むきだしの腕から汗の粒がぷくり、ぷくりと吹き出てくる。

「ああ、これはさっきまで飲んでいたサケの残りが出てきたのだなあー」、と悲しく見つめるのだ。

おいしさが海風に乗ってくるようだ

どこへ行ってもうるさいくらい見るのがスマホをあれこれ操作している人々だ。電車の中、駅のホーム、通り、信号待ち、とにかくうんざりするほど、あの小さな器械を指先ではじいている人ばかりだ。町の風景がすっかりつまらなくなってしまった。総じて言えるのは、幼稚な風景だ。青年男女だけでなく、いい年をしたおとっつぁんやおばさんなんかもまじっている。

ぼくは写真を撮る仕事も全体の三割ぐらいあるのだが、街を歩いていても魅力的な人のスナップを撮ることがなかなかできなくなった。例の肖像権うんぬんというものではなく、写真を撮りたいという魅力的な風景が消えてしまったのだ。魅力的な人がいたとしてもスマホをいじっているともうもう絵にならない。

そういうむなしい都会の人々をかきわけて、海に出ていくことになるのだ。砂浜や岸壁、磯などから竿を出している釣り人は、スマホ人間よりは絵になるけれど、釣りが好きな人で、まあ自分がそこそこ釣れてない限りまあそれはそれほど胸に迫る風景でもない。

そんな中で、先日、あれは竿などもそばになかったから釣りのついでというわけでもないのだろうが、小さな肩掛け式のクーラーボックスを横に置いて海に向かって開きいかにも冷たそうな缶ビールを出して、プチンとプルトップをあけ、そのままえいやっというような早業でぐびぐび飲んでいる青年を見た。ぼくが無類のビール好きということもあるのだろうが、目の前のそろそろ暮れなずむ西の海を眺めながらぐびぐび飲んでは、ときおり頭を下げて残りのビールなどを眺め、それからまたダメ押しの何口かを飲んで海を眺めている。漢詩の「こうべを垂れて故郷を思い…」なんていうのがその青年の背中のあたりに漂っているように見えた。その青年はけっこう大きな海岸砂丘の中で不思議な存在感を放っていた。青年とビールと海、そして一人きりというのが風景としてキマっていたのだろうな。

五キロのタコで豪快宴会

東京湾で五キロオーバーのタコを釣った。すぐに近くのキャンプ炊事場に持っていってその日の顔ぶれみんなで食おう、ということになった。まだ二月のことだったので他のキャンパーは誰もいない。

はじめに塩でタコの全身を揉《も》んだ。五人がかりでやるんだからタコさんはさぞかし気持ちがいいだろうなあ、おかえしに誰かその八本の太いウデと吸盤でもみもみしてもらったらどうだあ、などと言ったが誰もやらなかった。以前もうひとまわり小さなタコを仲間の頭に乗せてやったら八本の足で首を締めてきたのだ。吸盤のあとが数日とれなかった。

塩もみしたタコは頭の真ん中頂点から垂直にズンドー釜におろすとタコは熱い湯に弱いらしくさして暴れることもなくよく見るタコの大仏さまみたいな正しい恰好《かっこう》をし

てユデダコになっちゃった。

このくらい大きいとタコの足はフトモモのあたりでひとまわり十センチぐらいはある。これを丁寧に一〜二ミリの厚さに切って薄い刺し身にして食うことになった。すぐに近くのコンビニへ日本酒を買いに行く。コンビニにはワンカップがあるんですなあ。

タコの丸茹でにワンカップはよく似合う。

タコ宴会は楽しいしうまい。

「タコさんすいません」

釣りをよくやっているわしらは礼儀を忘れません。

いい具合に飲みながらキャンプのときなどいつも厨房をやってもらっている料理長がタコめしを作ってくれた。タコを薄い醤油味で煮てそれでめしを炊き込むのだ。

これがうまい。タコめしが酒によく合うのだ。タコ刺しよりもいい調和だ。うまいのはやはり新鮮なタコだからだろう。七人で結局一升カラにしてしまった。サケもワンカップ十杯ぐらいいけた。すべて単純でうまい、というのがタコ宴会の結論だった。

宮古島のオトーリ

久しぶりに宮古島に行った。ダイビングとカツオ釣りが大好きなので、この島には一時期よく通ったものだ。今回の用事は、そういった東京の寒さから逃れるための遊びの旅ではなく、昨年（二〇一七年）創設された「宮古島文学賞」という、島好きの当方としては嬉しい新企画の選考委員会に参加するためだった。東京には都心でも十数センチの雪が積もり、積雪に慣れていない東京人はあちこちで滑ったり転んだり車をガードレールにぶつけたりしての大騒ぎをしている中だったが、ぼくはとっとと南の島に行ったのだった。

飛行機から降りたとたんに、空気はもう春そのもので、ホテルの窓の下にはプールがあって、驚いたことに若い男女が泳いでいた。いかに風がゆるいといってまだ泳ぐほどの温度ではないから、まあ彼らもきっと雪を逃れてきてあまりの嬉しさにはしゃいでしまっているというわけなのかもしれない。

選考会というのは二、三時間、数人の委員でディスカッションし、決めていくものだが、テーマは〝島〟なので、応募作品も地元の人をはじめ都会のいかにも南の海好きな人によるだろう作品などがあって面白かった。

終わって関係者八人ほどで食事となった。これはまあさして大きな変化があるわけではなく、連日飲みすぎのぼくとしてはややホッとしていたのだが、コトはそう簡単に問屋が卸さず、二次会というものが用意されていた。町の中でも有名なのんべえたちが集まる居酒屋で、入ったとたんに泡盛の匂いがぷんぷんする。

宮古島には独特の「オトーリ」という恐ろしいしきたりがあり、一座の一人（親）が立ち上がって、数分の気の利《き》いた演説をしたあと自分のコップの泡盛を一気に飲み干し、一座の誰かを指名するとその人はまたひと息で飲み干す。これが続くのだ。そうしてあとはひたすら酔っていくという、日本でも稀《まれ》なタタカイ酒宴だ。ぼくは三回りぐらいで棄権しようと思ったのだが、本場の泡盛は芳醇《ほうじゅん》な香りと黒麹《くろこうじ》独特の味わいが深く、すぐそれに負けてだらしなく酩酊《めいてい》してしまったのだった。

泡盛のソーダ水割りがよかった

宮古島のオトーリについて書いたが、連続した仕事があって、また二泊三日の予定で宮古島に行ってきた。今度は魚釣り旅だ。海岸べりでキャンプし、魚をとるという二十人ほどのチーム選抜だった。関東近辺だとテント生活だが、島までは輸送距離が長いので、なにかとたくさんの道具がかさばる野外合宿はやめて、古民家を新しい材料で造ったような、まあ言ってみれば大型のロッジでの合宿生活になった。

食事も自炊である。この島は近海マグロやカツオをむかしから捕獲している。したがって都会から比べたら信じられないような安さでマグロや大きなカツオを丸々一匹手に入れることができる。

我々は日本中の魚を釣りに出ているので、仲間うちでそのような魚を手早くさばくことができる。二泊では食いきれないような量を手に入れてしまったので、マグロの刺し身ときたら一切れがちょっとしたステーキぐらいの大きさで、それが大皿に山盛りになって出てくる。マグロ好きの我々はほぼ逆上しつつ、盛大なカンパイだ。

やはり土地の風土に合わせて泡盛が実にうまく、何かの本で読んだ泡盛のソーダ割りというのを試してみたら、これがぐいぐいいけるのなんの。二十五度の泡盛だったので、倍以上のソーダを入れるとちょうど日本酒やワインぐらいのアルコール度数になり、泡盛のわりには酔いがやわらかい。

仲間の一人に沖縄人がいたのでゴーヤチャンプルーやラフテー、ゆしどうふ料理などを次々に作ってくれた。土地の人はチームにいなかったのでオトーリはやらずに済んだが、どうも考えてみると、夕方早く五時頃から飲み始めており、夜更けの一時、二時ぐらいまで飲んでいたからオトーリをやるのと同じぐらいの量を飲んでしまったはずである。

腹が減ると料理担当の沖縄人が「すば」と呼ぶ沖縄そばをじゃんじゃん作ってくれて、申し分のない贅沢《ぜいたく》な二晩をすごしたのだった。

波濤酒と椰子蟹

今年（二〇二一年）のサクラはどこも見事だったようだ。それでも都会では例のコロナの災いで通例の桜の花の下の大宴会、というのはできず、それだけに満開の桜はむなしさがあった。

でも笑い話にあるように桜の木の下で宴会をしても酔ってくるとろくに花など見ずに飲んだり食ったり話したりのほうに夢中になって、翌日は二日酔いで痛む頭はほとんどサクラがどうだったか記憶していない、なんてことが本当にあるようだ。

ぼくは「花見酒」よりも「波見酒」のほうに興味がある。とくに南西諸島の与那国島にあるヘンナ岬の先端のほうに行くといつも波高二十メートルぐらいある物凄い波が押し寄せていて、細長く延びた岬にとどろく波濤《はとう》をうちつけてくる。くりかえしくりかえし、かなり高い岬にぶつかってきて岬がそっくりへし折られてしまいそうな恐怖がある。

そのあたりに座って、ひとつとして同じにはならない波とぶつかってくる波濤のとどろく音を聞いて酒を飲むのだったらいつまでも波を見ていられるし、いろんなことを思いながら酔っていける。

その心も体もゆるがすような魅力にとりつかれて三回ほどそこで「波見」をした。三度ともほかに誰も人はいなかった。一時間ぐらいは南シナ海を相手に豪快に飲んだ。

この島の住人には椰子蟹《やしがに》をとる人がけっこういる。大きいのがいてハサミから尾まで二十センチぐらいあるのがいる。

椰子蟹が椰子の木に登っていって椰子の実をハサミで切って落として食べる、というのは嘘で、いかに大きなハサミでも椰子の実を切り落とすほどの力はないらしい。

島の椰子蟹取りの名人に連れていってもらったが前の日に椰子蟹の出そうなところにドッグフードをまいて、それを食っているところをつかまえる。狙いはもっぱら椰子蟹の大きな腹の中の臓物《ぞうもつ》だ。それをツユに混ぜて食うとたまらなくうまくて癖になるほどだった。

八丈島のキツネ

八丈島が好きでモノカキになる前から年に一〜二回は行っているので通算五十回は行っているだろう。飛行機で四十五分。飛び上がったらすぐに降下が始まる、という感覚だ。伊豆七島というが、ここは東京都。走っているクルマもみんな品川ナンバーだ。

六月の梅雨のさなかに仲間らと釣りに行った。この時期はムロアジとキツネがとれる。コンコンのキツネではなく通称だ。

正式には歯ガツオというカツオの仲間だが刺し身で食べるとマグロの中トロあたりのいい味である。カツオなのにマグロ味でヒトをだます、というのでキツネという名がついたという。

ムロアジは伊豆七島名物のクサヤになる。トビウオもクサヤになるがムロアジのほうが断然うまい。その時期は漁港の堤防でいっぱい釣れるようだった。どっちも回遊魚なので港に入ってくるとムロアジなどは「入れ食い」状態となって三十センチクラスのがじゃんじゃん釣れる。キツネはこのムロアジを生き餌《え》にして釣る。この順番を守って回遊を待てばやがてかなりの確率でキツネの強いヒキがくる。いやはや楽しい。ひと騒動すぎた頃に仲間がクルマで昼めしを探しに行った。

うまい具合に「島寿司」があった。八丈島の寿司は魚はヅケになっており、ワサビのかわりに洋芥子《ようがらし》がシャリとヅケのあいだに塗ってある。これがピリリとしてじつにうまい。田舎の寿司はごはんの部分がやたら大きいことが多いが、ここは島とはいえど東京都である。都会とは言えないが江戸前と言っていいかもしれない。

島酒と呼ぶなじみの島焼酎があり『情け嶋』など六銘柄もある。どれも少しずつ風合いが違って島の人々も好みが分かれる。二十五度のを生のままでくいくいやりながら生き餌にキツネがかかるのをマツ。相手が大きいからそうそう簡単には釣れない。やがてこっちも酔ってくる。酔ってキツネにだまされたいなあ、などと呟《つぶや》いているうちにゆっくり日が暮れる。

小笠原諸島のラム酒

東京から千数百キロ離れたところに小笠原諸島がある。航空路はなく一泊二日かけて船で行くしかない。到着すると五日間停泊してまた一泊二日で東京に帰ってくるのでこの島に行くには都合一週間がかりだ。

でもちょっとしたクルーズ感覚を楽しめるのでのんびりしたい旅にはなかなかいい。歴史はあまりない島なので都内から移住してきてレストランやダイビングショップなどで生計を立ててけっこう逞《たく》しく〝新島人〟として根づいている人がいて店舗デザインなどもハワイやタヒチ感覚で、不思議な気持ちになる。サトウキビがとれるので第三セクターでそれを原料に「ラム酒」を生産していてけっこううまい。

島の人に教えてもらったもっともうまい飲み方があってやみつきになった。教えてもらったのはこうだ。南島なのでパッションフルーツがたくさんとれる。レモンをひとまわり小さくしたような果実だが柑橘類とはまるで違ってしっかりした外皮の一端に穴をあけそこにラム酒を入れてかき回して飲む原始的な方法がなかなかいい。

実の中には小さなやわらかい種がいっぱいあって歯で噛み潰せる。同時にこのフルーツの香りや甘味のある味がラム酒と、それに太陽と南風が融合した超原始カクテルの風味に満ちてしみじみうまい。

南島のしあわせに触れたような贅沢な気分とはこのことだ、と思った。

あるときラム酒とパッションフルーツをホテルに持っていってグラスに氷を入れて冷やして飲んだら思ったほどのうまさにはならなかった。やっぱりパッションフルーツの木の下で果実の殻を指でこじあけ、ラム酒を入れて指でかき回して飲むのが正解な味と酔いを得られるのだ、ということに気がついた。

奥会津の白濁酒

奥会津に行った。会津若松のさらに先、金山町《かねやままち》という人口二千人規模の町で福島では大雪が積もるところだ。都会は花見の時期だったが、まだ除雪した雪が道路わきに三メートル近くの壁となって堆積《たいせき》していた。

ここに沼沢湖《ぬまざわこ》というとても神秘的な山上湖があり、ヒメマスが四十万匹も生息している。三・一一の大震災とそれに続く原発事故の汚染で長いこと禁漁になっていたが、今年（二〇一八年）ようやく解除され繊細でおいしい味を楽しめることになった（なお、全国的なヒメマスの不漁で二〇二二〜二三年の二年間は稚魚の放流ができなかったことにより、二〇二四年四月からの二年間はヒメマスは禁漁となった）。ボートでヒメマス釣りをして渓流《けいりゅう》ぎわの温泉宿に泊まる。夕食はヒメマスの丸焼きが酒の肴だ。二十センチぐらいに育ったのを頭からそのままかじることができる。うまい！　何種類かの白濁酒が出てきた。

できたてだという。こんなにうまいもんの組み合わせはめったにない。

宿のそばにかなり激しい流れの渓流があり、白濁した雪解け水が勢いよく流れている。その渓流の音がうまさにイキオイをつけてくれる。

三種類の白濁酒があったが、それの飲み比べ、という贅沢なことをやらせてもらった。ぼくは日本酒の中ではこの白濁酒が好きだ。飲み比べというのを初めてやらせてもらったが、清酒よりも味とこくの差が明確で、その差をつけているのは酸味の度合いのようだった。うまさという点ではどれもその違いを表現するのは難しい。「きき酒」というのはぼくのような朴念仁《ぼくねんじん》には無理だという気がした。

どの銘柄もうまいのでついついたくさん飲んでしまう。長いことサケを飲んできて自分の体の対応能力というものがわかってきていたので今は飲みすぎの一歩手前でコントロールできているが、今回はだめだった。久しぶりに会う山里の人々との話が弾んだ、ということもあるのだろうが、翌朝は見事に二日酔いになっていた。

白濁酒を飲むといつもそうなのだ。たくさんの水を飲み、朝の温泉にちょっと長めに入った。二日酔い解消のつもりだったが、むしろからだ全体を燗《かん》づけしちゃったようで酔いが戻ってきて大失敗。帰りの車の運転は友人に頼んだ。

山里の春のしあわせ

毎年花見のシーズンがすぎてから福島県の奥会津に行くことが多い。東京から十人ほどの仲間とそこに行き、谷川沿いの温泉宿に泊まる。このあたりに源泉の違う温泉が三つあって、どれも〝いい湯〟だった。

都会ではもう絶滅した山の中の自然の原っぱがあって、その端のほうに本物の清水が森の中にこんこんと湧き出ている。

ここで会津の人たちと豪快な草野球をやった。ぼくがまだホームランを楽に打てた頃だったので、これは楽しかった。

そしてその夜、温泉宿で土地の人との大宴会になる。思えばそのとき谷川沿いに桜の木が並んでいて、七分《しちぶ》咲きぐらいだった。

ことさら花見を意識していたわけではなかったが、東京でビニールシートの上で大騒ぎする花見ではなく、偶然出会った一か月遅れの花見だったから、本気で嬉しい気持ちになった。

宴席に並べられた季節の肴が嬉しかった。近くの山上湖でとれるヒメマスはやわらかくて頭からかじることができる。こごみがうまい。山ごぼうがあった。山菜の天ぷらがあんなに奥が深い味だったとは。酒の里だからたくさんのいろんな日本酒が一升瓶ごとずらりと並べられる。

その中にぼくの目当てのものが燦然《さんぜん》と光っていた。いや色彩的にはダイヤモンドみたいにキラキラ輝いているわけではなく、じっくり五月の川風をうけて白玉のように静かに存在感に満ちて鎮座ましましておりましたよ。

にごり酒。白濁酒。ドブロク。というやつですね。ぼくはこれが一番好きなのである。一升瓶の外側には小さな汗の粒が光っている。いましがたまで冷蔵されていたのだ。山里の人がこの一升瓶を慣れたしぐさで揺すってから一気に蓋《ふた》をあける。吹き出る玉のような白酒。こいつをごくりとやるときの幸せ感。

それ以来この山里にはほぼ毎年行っている。

北の冬の大ごちそう

東北へはよく一、二泊の旅に出る。東北の良さはどんな季節に行っても出会う人がみんな心温かく、日暮れどきに入る居酒屋で出される北の食べ物、北の酒、そこでのサービスなどみな心にしみるここちよさだ。

その中でも盛岡には仕事がらみで年間四回ほど行っている。いつも百人ぐらいのお客さんを前にぼくのよもやま話をして、最近はそのうちの三十人ぐらいと「カメラ散歩」というのをやっている。町のある区画を対象にみんなで好きなように写真を撮り、これは、という一枚を出品し、それを翌日大きなスクリーンに投影して、金銀銅の〝木のメダル〟を（強引ながら）授与するというコンテストも兼ねている。何回も続けてやるともうだいたい顔なじみになってしまう。

一泊ぐらいしかできないが、夜はそのイベントリーダーらと「海ごはん」という店に必ず行くことにしている。盛岡は都会的な気配を持った店が多く、その店も百人以上は入る大店《おおだな》だけれど、もともとは魚屋さんから生まれた店なので、行けば季節ごとにいろいろ変わるうまい刺し身から、エビ、カニなどがどさっと出てくる。ぼくはアナゴが好きなのだが、ここで出してくれるアナゴは長さ七十センチぐらいの細長い大皿いっぱいになるでかアナゴで、これがふんわりやわらかく、少し食べると幸せな気持ちになる。

ただしかしその店で一番の目当てはホヤである。ホヤは東北の太平洋岸あたりでしかとれない郷土の珍味で、東北以南の人はあまり知らないが、ぼくは八丈島のクサヤと並んでこいつが酒の肴二大スターだと思っている。

それらのエモノはぼくの友人であるその店の経営者の兄が、毎朝四時にそこから車で一時間数十分かかる宮古から仕入れてきたものだ。マグロやカツオの赤身魚はほとんどとれないが、北国ならではの味わい深い刺し身類など、この店に行くとまったく酒が進んで進んで心身ともによろこびのヨレヨレになってしまう。

赤ワインだって冷やしたほうが

　このあいだ十人ほどの釣り仲間らと北海道に行った。相変わらずどうもわが旅は親父ばかりの集団だ。釣りというと漁船に乗って結構荒波を切り裂いて突っ走っていくので女たちには人気がない。いや本当のことを言うともう十五年も毎月そういう遠征をしているのだが、最初から女性は乗せないキマリを作ってしまった。誰がそんなキマリを作ったかというとワタクシである。島に渡ってキャンプなどもよくやるが女性が加わっているとよほど肝《きも》の据《す》わっている人でないとやれテントの中にムカデが入ってきたとか、トイレがどこにもない、などとむくれだし、面倒でしょうがないからだ。

　今回は小樽《おたる》に寄っていった。我々の仲間に小樽ワインの社長の友達がいて、そこでできたてのワインを飲んでいこう、ということになったのだ。「ヌーボー」ですな。

　ぼくはワインにまったく知識がない。正直言って味も通人が言うようにはよくわからない。いやまるでわからない。わかるのは冷たいかぬるいかぐらいですな。

小山の上に見晴らしのいい野外テーブルがあってそこで赤と白を飲んだ。

赤ワインは冷やさずに飲むもののようですね。以前アフリカのケニアのレストランで赤ワイン冷やして、と頼んだら露骨にバカにされた。ヨーロッパなどの人にも赤は冷やさず、白は冷やす、と聞いていたが、ぼくはどっちも冷えているほうがいい。でもアフリカ人は「世界の田舎者が来た」と言わんばかりになかなか冷やしてくれなかった。こっちは客でありそのお客さんが頼んでいるのにだあ。

その日は小樽ワインの可愛い娘が頼んだとおりぐっと冷やして持ってきてくれた。

日本の小樽娘は素直でいいですなあ。

小樽ヌーボーは赤も白もうまかった。その日はキャンプ地にたくさんワインを持っていって生まれて初めてワインだけ夜更けまで飲んでいった。アフリカの仇《あだ》をとったぞ、という無意味に嬉しい酔いだった。

2

酒と青春

ハイボールの追憶

子供の頃、ハイボールというものにあこがれていた。大人たちがトリスバーなんかに行ってウイスキーのストレートをショットグラスで飲み、ハイボールで仕上げる、なんて話しているのをいろいろ聞くと、早く大人になり、自分もそういう世界を体験したかった。

学生になり、二十歳をすぎ、もうそういうところに行っていい状態になったのだけれどやっぱりまだ行けなかった。そういうお金と度胸がなかったのである。

その頃、同じ歳の仲間四人と東京の下町のオンボロアパートで共同生活をしていたが、みんな貧乏で、酒盛りと言えばそのアパートの便所臭い一室でひとつ釜のめしを食っていたからそういうときに時々飲むのは一番安い合成酒と決まっていた。今の若い人はそう言われて何が「合成」なのかわからないでしょう。カクテルと間違える人がいるかもしれない。

合成酒は米や麴などの自然素材をいっさい使わない化学的に作り出した偽酒で、ビーカーやフラスコで飲むほうが似合うくらいのものだが、当時の文無しのんべえたちの「放世主」でもあった。今その文字を書いていてふいに思いついたのだが「救世主」よりも「救世酒」と書いたほうが正解のような気がする。貧乏人が酔うために強引に作り出した（市販していた）酒飲みの戦後史を語るとしたらかなり堂々とした発明品であった。

ただしこれは寒い夜でも燗をつけるのはよくなかった。もっともその頃はトックリもなかったからヤカンに入れて火にかけて熱くする、という野蛮《やばん》なものだったが、こうするとにわかに本当に理科の実験室みたいになり、アチチ状態になるととてもまずそうな臭いがして、事実まったくまずかった。それでも飲んでいたけれど。

今はコンビニで缶に入ったハイボールを安く簡単に飲むことができる。ありがたいことだが、本物の〈バー黒猫〉なんて看板の店のカウンターなどではついに一度も飲むことはなかった。

真夏のビールデスマッチ

江戸川沿いのオンボロアパートで共同生活をしていた頃の話の続きだ。

夏には強い陽光の中で便所はモーレツに臭っていた。でも若さは強い。我々は臭いなんてまったく問題にせず、むしろ月四千円（一人千円の分担）、という家賃に感謝していた。部屋には家電製品というものは何もなく、冷蔵庫などもなく、扇風機さえなかった。困るのは真夏に冷たいものがいっさい部屋にないこと。町に自動販売機がチラホラ設置されていたが万年ビンボー学生には無縁のものだった。

ある休日、裕福な友人の来客があり、おみやげに途中の酒屋で買ったという、よく冷えたビールの（大瓶）六本というタカラモノみたいなのを持ってきた。あつーいあつーい夏の夕刻である。嬉しくて嬉しくて我々は全員手を叩き卒倒《そっとう》しそうになった。

「今すぐ飲もう！」

ほとんど正気を失って声を合わせてそう言った。三ツ矢サイダーと書かれているコップが部屋のタカラモノとしてあった。みんな平等に飲める。本当にすぐに飲んだ。目を吊りあげて焦って飲んだのは、一刻も早く飲まないとどんどんあたたまってしまう、という切実な心配があった。

我々は殺気だっていた。訪ねてきてくれた友人の顔を見るのは久しぶりだったが挨拶もそこそこ、続けざまに自分のコップに冷たい魅惑のビールを注ぎ、飲んで飲んで飲んでまた飲んだ。早く飲まないとあたたまってしまうのと、残った手つかずの一本に誰がいかに早く手をつけられるか、という大問題があった。訪問してくれた友人は我々のあまりにもすさまじいそのイキオイにただもう驚き、なんだか感心しているのだった。

あばれ酒

ぼくのバカ飲みの本拠地は新宿で、まあここは夜のとばりもおりないうちに地面から湧いてくるように酔っぱらいだらけになる土地だ。その酔い方も、日本は世界でもかなりだらしないことで共通している。

外国の盛り場もいろいろ体験したがシロウトがあんなに全員でだらしなく酔いつぶれているのは本当に日本ぐらいのような気がする。

デンジャラスゾーンの筆頭は歌舞伎町だけれど、最近は監視カメラが林立し、警官の数がハンパじゃない。それでも毎日、血まみれになる奴が転がるような事件が起きている。

たいてい酔ってささいなことで他人と衝突しての殴り合いである。

ぼくも二十歳前後の頃につまらないことで殴り合いをしていた。体も大きく格闘技をやっていたのでつまりはまあ血気盛んな頃だったからタタカイはけっこう面白かった。

でもすぐにパトカーがやってきて逮捕されていた。

警察所に連行されるとすぐに留置場に入れられる。だいたい短くて三泊、長くて二十一日入れられるからすでに入っているセンパイは退屈している。かっこうの暇つぶしの新入りが来たわけだから「何してつかまったんだ」と嬉しそうにいろいろ聞いてくる。喧嘩で入れられた、と言うと警察では喧嘩という罪状はなく暴行と言うんだよ、と看守の警官に教えられた。

こっちはコーフンしていたし疲れていたのですぐに寝てしまったが深夜に目が覚めた。

酒をしこたま飲んでいたからモーレツに喉が渇いていてそれで起きたのだった。警官に頼んでも水なんか飲ませてくれない。盛り場で飲むときは水筒持参が大切だなあ、とそのとき学んだのだった。

でもよく思い出すと留置所に入れられるときはすべての持ち物およびネクタイやベルトなども没収されてしまうから水のボトルを持っていても没収されてしまう。

夜明け近くに今度は便所に行きたくなった。便所は牢《ろう》から出て歩いて隅のほうにいく。

けれど便所には紙がない。同じ房（牢屋のことね）にいる二人のうち若い奴は自動車泥棒で民家の屋根の上に隠れていたが朝方、もう張り込んでいないだろうと雨樋をつたって降りてきたところで粘り強く張り込んでいた警官につかまったという。もう一人は年配の人で詐欺《さぎ》でつかまり、双方とも紙は持っていないという。

便所に行けば紙の切れっぱしでも落ちているだろう、と思って無謀《むぼう》にも紙なしで便所に向かったら、隣の房にいた、みるからにヤクザとおぼしき人が鉄格子《てつごうし》の隙間《すきま》からぼくに折り畳んだチリ紙数枚をそっと渡してくれた。

警察の留置所にはコソ泥から、極端に言えば人を殺してきた人まで入っている。ヤクザなどは慣れているからだろう絶対必要品で没収されないチリ紙などをあらかじめ持って逮捕されるらしい、とそのあと知った。こういうときヤクザは人情がある。その紙をありがたく頂戴《ちょうだい》し、無事にコトをすませた。ぼくにチリ紙をそっと渡してくれたヤクザらしき人の顔はよく見ることができなかったけれどきっとタカクラケンのような人だったのだろう。

三日目の朝にバスに乗せられ東京地検に運ばれそこで検事に罰金刑を告げられて釈放された。

街に出てカツ丼を頼み、冷たいビールを飲みました。うまかった！

2 酒と青春

まぼろしの「くりから」

今でもそういうコトバがあるのかどうかわからないが、ぼくは「苦学生」だった。働いて学費を捻出《ねんしゅつ》しつつなんとか生きてきた。自分で言うのもなんだけれど真面目なプロレタリア・セーネンだったのだ。

その頃、日本橋・小伝間町《こでんまちょう》にある伸銅《しんどう》品問屋で倉庫のアルバイトをしていた。まるっきりの肉体労働だが学校で柔道をやっていたので単純な力仕事はもってこいだった。月に一〜二回、給金を貰《もら》った。そういう日は帰りがけにアルバイト仲間らと浅草橋駅のそばにある老舗の居酒屋「むつみ屋」でワリカンで乾杯した。とてつもない「しあわせの時間」だった。一日中ずっと肉体労働だったのでこのときのビールがうまいのなんの。

やがて給料を貰えるようになったらここで死ぬほどビールを飲むんだ、と思ったものだ。

「むつみ屋」は当時はけっとばし（馬肉）専門店で活気があった。店に入ると江戸前の威勢のいいあんちゃんが大きな声で注文をさばいていた。人気店でたそがれどきにはもう満員。

「くりから一丁！」という声が何度も店内にとびかっていた。くりから、とは何だろう？と思ったがなんとなくそういうものをスカンピン学生が注文するのは失礼だ、という思いもあって、もっと安そうな馬のシッポ的なツマミを頼んでいた。その店のぼくの最大のゴチソーは安価でゴーカな「さくら鍋」で、要するに馬肉鍋。一人前ごとのヘナヘナ鍋で出てくる。小さなアルミ鍋だったが、仲間うちに「鍋奉行」などいなかったので、すべて自分の好きなように食える。肉をかじってそのまま倒れそうになるほどうまかった。

最近このお店がまだやっている、ということを知り、五十八年ぶりに行ってきた。いなせなあんちゃんはそのままにカッコよく歳をとっていて、いろんな昔話を聞けた。大柄なあんちゃんだったね、とぼくのことも覚えていてくれた。「くりから」は品薄でもうやめてしまったという。「くりから」とはウナギの雑肉《ざつにく》を串にまいたものだということを知った。

納涼スイカロック

この夏はたぶん暑さ負けもあったのだろう、ほとんど朦朧《もうろう》としながら飲んでいたが、夏しかできないバカ酒についての話をしよう。

学生の頃だったが、十人ほどの仲間で水泳を中心とした合宿をした。今みたいに冷え冷えビールをバカ飲みすることはまだなく（経済的にできず）、つましい真面目な飲み方をしていたが、最終日に誰かが実家から持ってきたスイカをみんなで食うことになった。冷蔵庫はあったけれど、スイカが入る余地はなく、そのかわりくみ上げ井戸の中につけておいた。まずはそれをよろこび勇んで二つに割り、等分に切っていったが、もう半分を当たり前に食うのではつまらないではないか、という話になり、言いだしっぺは忘れたが、仲間うちでかなりいつも突拍子もないことを思いつく一人が、スイカのウイスキー割りを作ろう、と言いだした。

冷蔵庫は、氷を一番上の棚に入れて冷やすむかしの古めかしい構造だったので、ちょうどうまい具合に一キロ分ぐらいの氷の塊《かたまり》が残っていた。そこでぼくたちはスプーンと包丁を使って半分になったスイカの果肉を細かく切っていき、その一方でぶっかき氷を作った。なるべく繊細に小さく割ること、とその友人の首謀《しゅぼう》者は言った。

かくて細かいぶっかき氷を、やはり細かく切ったスイカの果実の中に投入し、そこに安物ウイスキーの残ったやつを全部入れた。小瓶も含めて、ウイスキー丸瓶の半分ぐらいは投入したような気がする。スイカと氷とウイスキーが混ざったものを、いささか気をつかいながらかき回し、各自おたまですくってごはん茶碗に入れて、みんなで輪になって飲んだ。

どんな味がするのか大よその予想はついていたが、でも途中で振った塩が効いて、これがけっこううまかったのだ。乱暴に飲むと口の中で種が邪魔になるが、それを適当に吹き飛ばし、おたまで何度もおかわりして食べた（いや飲んだ）。あれは何というのだろう、納涼スイカロック――は一生に一度の味わいだった。

パウロさんのサケ

学生時代、六本木のイタリアンレストランの〈ニコラス〉は、当時としては朝方まで営業しているというので俗に六本木族などと言われる先鋭的な芸能人、文化人などが多く出入りしていた。

ぼくはそこで皿洗いのアルバイトをしていた。夜八時に地下の皿洗い場に出勤し、午前四時半までひたすらピザ用の皿やサラダボウルなどを洗っていた。皿洗いは学生ばかり三〜四人。ピークは十一時から一時ぐらいで、よくまあこんなに食うもんだなあ、と思っていた。地下の皿洗い場に併設してケーキを作る一角があり、パウロさんという老齢のイタリア人職人と、その日本人の奥さんと二人で働いていた。パウロさんはおとなしく穏やかな性格のヒトだったけれど、日本人の美人の奥さんがなかなか気が強く、ぼくたちは、国際結婚の力関係にもいろいろあるんだなあ、ということを初めて知ったのだった。

バウロさんは毎日「チーズケーキ」を作っていた。ぼくはチーズケーキなるものをその地下で初めて見たのだった。美しい姿、形をしていた。ごく稀に形作りで失敗したやつをぼくたち皿洗い学生にくれた。

生まれて初めて食べるチーズケーキ。パウロさんの失敗をその奥さんが怒っていたのか、そんなときに二人はよく喧嘩していた。当然奥さんのほうが強い。

パウロさんがしょげて菓子作り台の横のほうにある丸い椅子に座って、どこかさだまらない視線でぼんやりしていることがあった。

あるとき同じような状況になったとき、パウロさんは片手に小ぶりのグラスを持って、何かヨーロッパ系のサケを飲んでいた。少しずつ、大切そうに飲んでいた。

原則的に職場ではオサケは飲んではいけないことになっていたが、パウロさんのそういうサケはいいんだ！とぼくたちはみんな思った。ただあれがいったい何のサケだったのだろうか、今でも気になるのである。

消えた新宿の名物店

一番よく飲んでいるのは新宿だが、あそこはいつでもずっと駅のいたるところで工事をしているような気がする。だからちょっと行かないと出入口などすぐ変わってしまうが、その変わり方が激しい。

いま東南口は若者だらけだが、ぼくが学生の頃は広い外階段の真ん中にきたない公衆便所があって、その臭いが周囲十メートルぐらいに波状攻撃状態だった。安い飲み屋があって、その一軒〈日本晴れ〉がなかなか凄かった。近くに場外馬券売り場がある関係からだろう、客は親父ばかりで、たいてい殺気だち、うらぶれて赤い目をしている人が多かった。

入り口の戸をあけるとほとんどの客の視線を浴びる（ように感じる）ので、初心者はビビル。だって殺気だって血走った親父がみんな一斉にこっちを見るんですぜ。しかしそれは一瞬の錯覚で、親父たちは入り口の引き戸の上にくくりつけてあるテレビを見ているのだった。親父たちはたいてい一人客でみんなハズレ馬券を破って、もうまったくやけになって焼酎をガビガビ飲んで顔や目を赤くしているのだ。たいてい知らない者同士だからまったく会話はなく、テレビを見ているしかなかったのだろう。でもあの殺伐《さつばつ》とした店の雰囲気がいかにも新宿だった。

その近くに〈五十鈴《いすず》〉というおでん屋があって店はうなぎの寝床のように細長く、テーブルは長いU字型になっている。だから客たちは二メートルぐらいの距離で向かいあって飲んでいるのだ。しかしこっちのほうは客層が〈日本晴れ〉よりはいくらか上で、サラリーマンなどのスーツ姿がチラホラしていたが、地下足袋《じかたび》姿の工事仕事帰りの赤目系のおっさんも多かった。ときおりカップルが迷い込んでくるとサラリーマンもおっさんもみんなカップルの女のほうを見る。これがひとつのショウタイムでもあった。お婆さんが五、六人働いていて、なぜか彼女らはいつも激しく口喧嘩をしていた。

スーパーカクテル

二十代の頃ぼくはサラリーマンで、銀座八丁目にある小さな会社に勤めていた。八丁目の隣は新橋である。だから通勤は新橋駅烏森《からすもり》口から歩いて行く。その当時、国鉄のその辺にはいわゆるガード下がいくつもあって、そこにホームレス（彼らは〝新橋紳士〟と自称していた）が十人前後たむろしていて、その前をいつも通って行くので、わりあいぼくは顔なじみになっていた。

その頃、銀座八丁目にはダンスホールやキャバレー（ハリウッド）やパチンコ屋などがあり、かなり庶民的な光景だった。ホームレスの人々は、毎朝キャバレー・ハリウッドの裏口に集まり、空き瓶処理の自発的な片づけの手伝いをしていた。その報酬となるのか、持ってきた石油缶の中に余ったビールやワインや水割りウイスキーの残りなどをじゃんじゃん入れていた。瓶を片づけ、その石油缶を彼らはガード下のアジトに持ち込む。そうして夕方頃から車座《くるまざ》になってそのいろんな酒がめちゃくちゃに混じり合った酒を飲んでいた。

あるとき、ぼくは酔っぱらったその人たちに呼び止められ「にいちゃん、一杯やっていかねえかい」と誘われた。いつも挨拶していたし、その超混合酒がどんな味がするのか興味があったので、少し飲ませてもらった。彼らはそれをスーパーカクテルと呼んでいた。ぬるいし、本当にわけのわからない味がするので、絶対においしいとは思えなかったけれど、みんなの話を聞きたくて何杯か紙コップで飲んだ。

数年たって、あれは警察か鉄道関係者によるものなのか、彼らは追い出されてしまった。なんだか悲しかった。ぼくはのちに作家になり、その体験などを踏まえた長編小説『新橋烏森口青春篇』というのを書いた。NHKが連続テレビ小説にしてくれて、よく売れた。

それから数十年して、西表島《いりおもてじま》のちょっと隠れたビーチで海浜ホームレスのグループと出会い、同じように酒盛りをし、それを小説に書いたら『ぱいかじ南海作戦』という映画になった。ぼくとホームレスの人が組むとそういう映像になるみたいだ。あともう一度ぐらいどこかでこんなことを体験したいなあと思っている。

ライオンビアホール

ぼくは銀座にある会社に通算十五年ほど勤めていたことがある。一丁目と八丁目にその会社があったから、つまり銀座の両端である。八丁目のほうは七年ほど、一丁目に八年ほど勤めていた。銀座の区画割りは、海に向かって細長く一丁目から八丁目までが縦長の立地となっていたので、一丁目を数分歩いているとすぐに二丁目を通りすぎ、あっという間に四丁目の交差点に着いてしまうという感じだった。

その頃、銀座には有名なビアホールがたくさんあって、そのほぼ真ん中の七丁目に、サッポロビールが経営するライオンビアホールが、ビアホールの王宮のようにしてどんとそびえていた。中に入ると一階から三階までぶち抜いたような広くて高い天井と、いかにも時代を経たと思えるテーブルや椅子などに迫力があり、その全体の様子は、後年、ドイツのミュンヘンで行われているオクトーバーフェスト（世界最大規模の

ビール の祭典)に行ってバカ飲みしたときに、その雰囲気をかなり正確に持ち込んでいるのだな、ということを知った。

そこでは、吹奏楽団がホールの中央や端に並んでいて、頻繁に主に行進曲風のドイツの音楽を演奏し、時にはエプロンをつけたビール娘などが歌を歌っていたりして、会場はどこもそうした活気の狂騒だった。

日本のライオンビアホールはそうした楽団の生演奏がないかわりに、常に場内のいたるところに備え付けられたスピーカーからドイツ直輸入という感じの、まあ日本風に言えば「ビール飲め飲め音頭」のようなものを鳴らしていた。不思議なものでこれを聞くとあおられるようにしてどんどんビールを飲んでしまう。

銀座のビアホールがドイツと違うのは、酒の肴の種類で、たとえばドイツではジャガイモやタマネギを丸々一個蒸したものをテーブルにのせたり、魚などは四十センチぐらいの主にサバを丸々一匹串刺し焼きにしたのをじゃんじゃん出してくることだった。日本のビールの肴はそれに比べると、町のドイツ系レストランでよく見るようなありふれたおとなしいものが多いのがちょっと残念な風景だった。

銀座の屋上で車座乾杯

サラリーマンの頃、銀座八丁目にある八階建てのビルの五階に勤めていた。もちろん賃貸オフィスだが、銀座通りに面していてなかなかの大都会のまっただなかだった。

当時ぼくは武蔵野に住んでいたのだが乗り換えがいっぱいあって、そこまで一時間半ほどかかる。編集の仕事なので時間が迫ってくると徹夜したほうが効率はよくなる。だから締め切り時は会社に寝袋で泊まり込んでしまえばなにかと便利だったが、編集をやったことのない頭の固い専務が会社宿泊いっさい禁止、というオフレを出した。

そこでぼくは編集担当の四人と屋上にある塔屋《とうや》に目につけた。塔屋にはエレベーターを稼働させるモーターなどが入っている。その建物の上に垂直梯子《はしご》で上がっていくことができた。

雨の用意も必要だから四人ほど寝られるくらいの中古テントを買い、寝袋と最低限の生活道具を買った。

この臨時宿泊場ができてから仕事はかなりはかどるようになった。一日の仕事が終わってテントにもぐり込むのが十二時近い。十二時にビルの管理人が屋上まで最後の見回りに来るときがあったが来ても老齢なので塔屋の上までの垂直梯子は登れないから我々はじっと静かにしていればまずバレることはなかった。

夕方のうちに近所でいろんな食いものや、忘れてはいけないビールやウイスキーの備蓄をチェックする。

夕食は八時までに会社の経費でカツ丼もしくはエビフライライスを注文することができた。

あとはみんなで酒盛りをしながら銀座の夜景を眺めながら好きなだけ飲んでいた。この酒盛りが実にまったくうまかった。気分は山の上である。東京といっても午前零時すぎると空にチラチラ星がまたたいていた。

それまで銀座の夜の空を見上げるなんてことはなかったからぼくたちにとっては大満足であった。あの頃の酒盛りが青春なんだろうなあと思う。

謎のスリスリ

年末年始（とクリスマスも含めると）十二月〜一月は日本中がすさまじい勢いでいろんな酒を飲んでいることになる。それでなくても日本人は、世界のいろんな国に比べて、ことあるごとに酒を飲み大宴会を開き、銀座だの新宿だの道頓堀だのが酔っぱらい天国になる。

この時期の宴会というと会社関係の忘年会、新年会が頂点にあったように思うが、その後だいぶ会社関係で無理やり拘束されて上意下達《じょういかたつ》のようなかっこうで酒を飲むのは嫌だという若者たちの反乱があり、ひと頃下火になったと聞いたが、なんのなんの、会社の上役たちはここぞとばかり、こうした大宴会をやりたがって、風潮としてはまた盛り返してきていた。

ぼくも二十代から三十代にかけて小さな会社ながらもサラリーマンをしていたので、

会社の宴会は何よりもタダ酒が飲めるという一点において、超賛成派だった。当時は今みたいに廉価《れんか》で酒を飲む場所も少なかったし、大きな料亭などのお座敷で、日頃良かれ悪しかれ（仲良かったり悪かったり）の顔ぶれと一斉に酒を飲むのは、日本だけの風潮とは聞いていたが、それはそれで楽しみでもあった。

若い女子社員が多い会社などではセクハラだのパワハラなどが問題になって、忘年会、新年会の下火の要因になっていたらしいが、ぼくの勤めていた会社はなにしろ男ばかり最大で四十人という規模だったし、みんな隙さえあれば会社のタダ酒を飲む機会を狙っていたから、毎年必ず行われていた。

まだカラオケが普及する前だったので、まあいわゆるアカペラだが、歌のうまい人と下手な人がいて、酔ってくると下手な人が歌っても誰も聞いていなかった。

また、場違いに両手を胸の前に組んで左右にゆすり歌曲なんていうのもやるヤツがいた。うまい人が歌うと拍手が起こり、拍手が終わるとみんな手をスリスリしていた。あのスリスリはいったいどんな意味があったのだろうか。どっちにしても懐かしい昭和の風景である。

沖縄の贅沢「ゆんたく」

沖縄には「ゆんたく」というならわしがあって、暑い時期、海岸べりの木の陰の風通しのいいところに日除け屋根をつけた休憩所のようなものがあちらこちらに作られる。たいていひと夏もてばいいだろうというような「掘っ建て小屋」だが、翌年も同じところに建てられることが多いから、三〜四年耐久の立派な建造物になっているところもある。

「ゆんたく」とは、くつろいでおしゃべりする、というような意味らしいが、まあ地域の共同涼み台。昼寝台でもある。

言うまでもなく沖縄の夏は暑い。

「ちるだい」というぼくの好きな言葉があり、これは暑くて頭がぜんぶぼーっとしてなにがなんだかわからなくなってしまったさー、というような意味らしい。もっとすごいのは「ぶちくん」だ。これはあまりの暑さにぶっ倒れてしまう！ということを言う。

そうならないためにもこういう共同日除け休憩所にやってきて海を見ながら隣近所のおじいやおばあと世間話をしていればしばし暑さも忘れるさあ、というわけだ。

ある島でこのゆんたくの小屋にいるおじいがみんなして牛乳を飲んでいた。なかなか健康的な風景だったが、そのそばを歩いていったら「にいにい（おにいさん）ちょっと飲めばいいさあ」と言われた。ぼくがまだ「にいにい」と呼ばれるくらい若い頃のことだったのだ。

さして冷えていないようだったが、島の人と仲良くしておくのは大切だから一杯もらって飲んだが、これが牛乳だけでなく何かキッとするものが大量に混じっている。すぐにこれは泡盛の牛乳割りだということがわかった。なかなかうまいし、遠くから見れば親父や老人たちがみんなで牛乳を飲んでいるようで非常に健康的な風景である。さらに聞けば牛乳ではなく山羊《やぎ》の乳であるという。これと泡盛を混ぜたものがうまくて体にいいそうだ。

夕暮れにかけて「ゆんたく」する人の数が増えてくる理由がわかった。

早朝とりたてのヤシ酒

日本ではよほどしっかり椰子《やし》栽培ができているところでないと難しいだろうが、これから本格的な夏の入り口。どこかで手に入らないだろうか、と毎年夢見るように考えているのは「ヤシ酒」である。

そのとおり熱風にあの大きな葉がサラサラいう南島の椰子から生まれる酒だ。南島に行って恵まれた出会いがあると少しもらうことがあった。

椰子酒はたいていの椰子から造られる。

その製法上に二種類あって、ちょっとコツを習い、注意深く見守っていると、朝がた一合はできたて高級ヤシ酒がとれる。醸造酒や蒸留酒の製法と違って、さして難しい製作方法というのはなく、一番大事なのは花の真ん中にできるつぼみを大切にゆっくり曲げていき、頃あいをみてつぼみにたまった液（ヤシ酒）を採取すればいいだけなのだ。

アルコール度がどのくらいなのかわからない。肝心の「うまさ」もみんな違う。椰子の種類や育て方にもよるらしい。

自分の家のまわりに自然にできる酒なのだからああだこうだ言っている間にとっとと飲んでしまうのが一番賢く、おいしい飲み方らしかった。

さっき「つぼみ」と書いたが、実はそれでは正しくないようなのだが、ほかにうまい言いようがない。現地ふうにもっともわかりやすく言うと花弁の中のチンポコ状のものに樹液がたまってくる。毎朝、少しずつ傾けて樹液をためる。たくさん早くためて早く飲みたい、などといって焦って余計な力をこめて曲げてしまうと場合によっては、ポキンと中途で折れてしまいその花はおしまい。無事採取できた朝採れのヤシ酒は冷たくてうまくてもうたまりません。

酔っぱらいみこし

九月になるといつもぼくは何かたいへんな忘れ物をしてきたような人生的な悔恨がある。

ぼくが小学生の頃住んでいた千葉の海沿いの町では、九月の中頃に祭りがあった。三日通して行われるが、沿岸漁業が盛んな頃だったので、住民の多くは海でのさまざまな仕事を生業にしていて、荒くれてはいたが町そのものは荒くれているなりに活気があった。そういう町で行われる祭りの花形は、なんといってもみこしだった。町の規模としてはけっこう大きなみこしで、のちのち調べると、九つの神社で一家族を作るという、ちょっと面白い、しかしそれなりに歴史のある伝統やしきたりの中にあった。だからそこそこ立派なみこしが繰り出したのだろう。

七年に一度、その九つの神社のみこしがぼくの住んでいる町に集まることになっており、それはいまだに七年祭りとして伝わっている。

子供の頃のぼくは、この祭りのみこしを担ぐのが人生の夢だった。七年に一度というたいそうな祭礼ではなく、通例の祭りでもよかったのだが、子供みこしを担ぎながら大人みこしを眺めて、いつもあこがれていたのは、みこしを担いでいる多くは漁師たちが、そこそこ大きな屋敷の中になだれ込んで暴れるとき、いったん休憩があり、その家は水やお茶や酒を存分にふるまい、女子供のためには餅や果物などをたくさんふるまっていたことだ。

男たちは樽からひしゃくで酒をくんでは、口のまわりを酒だらけにしてぐんぐんあおり、それが数時間続くとさすがにみんな酔ってくる。交替する者はたくさんいたが、その人たちもすでに酔っているから、みこしは、さながらみこしそのものがへべれけに酔っているように通りを右や左に脈絡なく動き回り、時にはどすんと傾くようなことがあった。

十代でその町を出てしまったので、あの後先構わぬ酔っぱらいみこしを担ぐことができなかったのが、取り返しのつかない忘れ物なのだった。

酒粥

小学校の頃、ぼくの叔父さんがだいぶ遅れて日本に帰還してきた。初めて見る人みたいに真っ黒にやけていて言葉もなんだが怪しく、復員兵と偽って入り込んできたのではないか、と兄などはひそかに言っていた。九州で暮らしていてそこから徴集されたので、ぼくにはどっちみちホンモノか偽物かの区別はつかなかったのだ。

その当時はまだ駅のそばなどに焼痍《しょうい》軍人が白衣で座っていて、ハーモニカを吹いていたりして、子供心にもその空間は痛ましく迫力があった。

ぼくの家に帰ってきた叔父は、しばらくすると次第に本人に間違いない、ということがわかってきて、束の間だが家族のようになっていた。

九州弁が強いので、南洋の野戦病院にいたときの話など、全部言葉が聞き分けられたわけではないが、それはそうとうスゴイ体験をしていたのだなというのがわかった。

その中でもニューギニアで「火喰い鳥」をつかまえて食う話は七十パーセントぐらい内容が理解でき、ラジオの講談よりも面白かった。火喰い鳥はみんな大きく雄は二メートル近い長身で赤や青や緑に光っているけんね、という。それでもって人間の十倍ぐらいあるとがった爪のついた足で蹴ってくるというからまるで怪獣ではないかと思った。

その頃、友好的になった部族にふるまわれた「椰子酒」の話は聞いているだけでうまそうだった。

造っているところで味も酔いも違ったというのだけれどそうなるとよくわからなくなる。でもその叔父さんは、わが家にいるとき最大の御馳走は「ギンシャリの酒お粥《かゆ》」だった。残ったごはんにやはり燗づけして残った酒をドバドバかけてかき込む、というやつで本当にうまそうに顔を真っ赤にして飲んで（噛んで…）いた。

しじみ

お酒を飲む人には「しじみ」が体にいいとよく言われている。テレビでもしょっちゅうしじみのコマーシャルが出ている。パターンは決まっていて、申し訳ないが笑っちゃうけれど、中年の男女がそれぞれ別の状況の中で出てくる。男はサラリーマン風で、朝からさえない顔をしている。

「どうしましたか？」

「夕べやっちゃったんだよ」

と相手方が答える。呼びかけた部下らしい男はポケットから箱入りになったしじみを出して、それならこれを飲んだらいい、というようなことを言う。

「しじみ？」

と言われたほうはどうにもわざとらしく答える。その年齢だとしじみが二日酔いなどに良いということはみんなとうに知っているはずなんだけど、まあ話はコマーシャルだから、呼びかけた男は「よかったら」と二箱あげてしまう。この基本パターンは何度見たことだろうか。

おばさん編というのもあって、これも改めて説明する必要はないだろうが、さえない顔つきをしたおばさんが出てくると、その友達がさっきと同じようなやりとりでしじみを二箱もあげてしまう。

どっちも出てくる人はまったくの素人ではなく何か演劇関係にいるのだろうが、なかにはしじみ、を知らない人もいるだろうから、あれはそこそこ利益の出るＣＭではないかと思っていた。

ぼくは子供の頃、海べりに近いところに住んでいたので、小さな河口の川原で大人たちがせっせとしじみをとっているのをよく見ていた。テレビＣＭではないからそのしじみの効用は伝えられないが、しじみとりのおじちゃん、おばちゃんの話を聞いてしじみが酒にいいということは中学生ぐらいから知っていた。

青森県の十三湖《じゅうさんこ》はしじみの名産地である。ここへ取材に行ったときのこと、漁師のおっさんたちが北国では珍しくてらてらした元気顔をしている。聞いたら十三湖は日本で一番のしじみの名産地だからみんな元気だい、と元気よく答えてくれた。

しあわせの雪洞宴会

青年の頃、よく山に登った。暮れから新年にかけて雪山にも行ったが、天候が安定しているときは雪洞を作って仲間らとそこに泊まるのが楽しかった。雪がいっぱい積もっているところにスコップで交代で穴を掘り、そこに寝るのである。三人ぐらいのチームのときが一番効率がよかった。雪の洞穴掘りはけっこう重労働で、汗もかくから下着をあまり頻繁に代えるのは具合が悪かった。

三人で寝られるぐらいのスペースを得ると外が吹雪いていても布テントと違って安心感があった。あとは寝るだけ、という時間をみはからってお楽しみの宴会である。

これが最高に贅沢な時間だった。

白神《しらかみ》山地（青森県と秋田県の県境にまたがる山岳地帯）に登ったときはマタギに聞いて「キリタンポ鍋」というのをやった。

三人の真ん中にガソリンコンロを設置してふもとで仕入れた肉、魚、野菜類を醤油ダシで食べる。雪洞の鍋がいいのは他の季節と違って雪洞の内側を削っていくらでも水を足せることで、水場まで行かなくてもまわりの壁からいくらでも水を作れるのでこんなに嬉しいことはなかった。

水分が確保できたら醤油と酒でダシを作る。土地柄キリタンポをたくさん手に入れて、これを鍋に入れれば腹にたまるし、秋田のコメはけっこういいダシになるのだった。

酒は四合瓶ぐらいにしていたのでケチケチ飲んでいてもすぐに残り少なくなり、そのときの心細さといったらなかった。

みんなでもう一本買っておけばよかった、と互いに罪をなすりつけるようなことを言いあうが、そんなに飲むわけにはいかない、と遠慮深く言いあっていたのを思い出し、次に雪洞キャンプをするときは絶対一升瓶持って上がろう、と誓いあうのだが、その次というのがなかなかやってこなかった。雪洞キャンプというのは計画的にはできないのだ。鍋の味が濃くなってくるとまわりの壁を削り、大量の湯気に酔っていくのが最高だった。

芸者ワルツ

十年ほど前に丸々「サケ」まみれの本を書いた。ぼくは粗製濫造作家で、これまでに三百冊ほどの本を書いているのだがサケだらけの本はそれだけだった。自分でも意外だった。サケはやっぱり書くよりも飲んだほうがよかったのだろうか。書いた当人がほとんど忘れてしまったこの春（二〇二三年）、その本が文庫になった。単行本のときは『酔うために地球はぐるぐるまわってる』という題名だったが、文庫は『飲んだら、酔うたら』（大和書房）というのにした。酔っぱらいのバカ親父が地球まで持ち出してきてはいけない、と思い、改題したのだった。

この題名にしたのは、ぼくがまだサケを飲んでいない青少年時代に『芸者ワルツ』という歌が流行《はや》っていて、ああ。いいなあ、とうっとり聞いていたからだ。

その歌詞に「呑んだら、酔ったわ…」というのがあって芸者らしい色っぽい歌手がシナシナと歌っていた。いつも芸者の恰好をしてテレビに出ていた。神楽坂浮子だったか神楽坂はん子だったか、そんな芸名だった。

大人になったらいつか本物の芸者さんをチラリと見たい。と考えていた。思えばマコト君はマセテいたんだなあ。

そういう夢を持って大人になったのだが現実の酒の席は圧倒的に親父どもとの山賊の酒盛りみたいなのが多く、夢は果たせないままジジイになってしまった。

まあこれも人生なのだろう。

『芸者ワルツ』の歌詞をもうちょっと覚えている。「呑んだら、酔ったわ、踊ったわ……」という一節が続く。

そこで、その文庫本の帯にタイトルと同じ大きさで「踊ったら」とつけ加えた。

そうか、芸者さんとお座敷で飲んだときは一緒に踊りなどもできるんだなあ！と少年はさらに夢をふくらませ、タケノコみたいにずんずん育っていったのだった。

ブランデーのお湯割り

三十代から四十代にかけてぼくはよくテレビのドキュメンタリー番組にかり出されていた。当時はゴールデンタイムに二時間というのが普通で、長いのは五時間、二日に分けて放映するなどというものがあった。七、八本のそうした海外ドキュメンタリーのレポーターというものをやったが、それに関連する原作は、亡くなった井上靖《やすし》氏のものが多かった。

シベリアへ五か月間のロケなどはもろに井上先生の原作を元にして行くので、出発前にご自宅に挨拶に行く。先生は嬉しそうにその舞台となるさまざまな辺境地のことについて話をされた。当時は作家が実際に足を運んで取材することなどできなかったから、すべて空想で書いているものだった。実際はどんなふうなのかあなたの日で見てきてください、という励ましのお言葉をいつももらった。

少し体を壊されていた先生は、そのような挨拶に行くと、奥さまからブランデーのお湯割りを飲むことを許されていた。少しの分量を長いこと時間をかけてしみじみ味わうようにして飲んでいたのが印象的だった。

その当時、若かったぼくは、ブランデーというのは常温、もしくは冷たくして飲むものだとばかり思っていたので、お湯で割るということが少々不思議に思えた。

そのような日々から幾星霜《いくせいそう》。いつの間にかぼくも晩年の井上先生と同じぐらいの年齢になっていた。旅先や自宅でウイスキーとかブランデーを飲むことがけっこうあるが、たとえば今年（二〇一七年）のような寒い冬などは、いかに暖かい部屋であっても冷たいブランデーは寒々しい。

そのとき思い出してブランデーのお湯割りを作ってみた。今まで感じなかった芳香があたりに濃厚に立ち上り、豊かな気配になった。同時に元気だった頃の先生の笑顔を思い出し、過ぎし楽しき日々をやや酩酊しつつ懐かしんでいたのである。

3 ビール礼讃

音を立ててグラスを磨く

生ビールのうまい季節が去りつつある。とはいえ冷やし中華と違って生ビールは一年中あるし、多少陽気や天候の違いがあっても、生ビールのうまさにはそんなに差はない。

ただ、かねがねぼくが思っていることは、生ビールを通過させるサーバーの清潔管理についてだ。サーバーは毎日洗わないとカビやさびがついて本来のうまさを台無しにしてしまう。知らない店に行って生ビールを頼むとき、まあぼくはとりわけビールが好きでこだわっているから、そのことがとくに気になるのだ。

友人たちに聞くとぼくほどサーバーについて、ここは管理されている、されていない、などと評価する人は珍しいようだ。ぼくもまだ酒を飲みたての若い頃はそんなことはハナから考えもせず、ビールであればただ嬉しくおいしかった。だからビールへの深い愛情がそこにからんでくるのだろうと思う。

それから、もう少し大事なことがあって、生ビールを入れるグラスなりジョッキなりがきちんと洗われていて、乾燥させているかどうかという問題だ。ぼくは本来ビール以外では神経質ではないのだが、ときおり手にしたビールが生臭いことがある。都内にあるけっこう親しい居酒屋でも、いつもそんなふうなので、自分で店を選ぶときはそこには行かないようにしている。

ガラスものはきちんと洗剤をつけてお湯で何度か内外をきれいに洗うのが第一条件だ。このとき、店による過ちは、他の酒の肴類を入れた器を洗う洗剤付のスポンジを同じものにしていることだ。これがグラスやジョッキを生臭くさせるまず最初の関門だ。ビールや酒類のグラス専用のスポンジを分けること。そうしてお湯でよく洗い、網かごの上で自然に乾かすのではなく、すぐにきめの細かい布で、きゅっきゅっきゅっと音を立てるようによく拭くことだ。一流バーなんかではいつもバーテンがそのような音をさせてグラスを磨いている。さすがだなあ、と思うのだ。

しゃらくさい乾杯

ときおりパーティーなどというものに呼ばれるが、いわゆるかしこまった席でのパーティーになるほど苦手である。とくに最近はシャンパンなどで乾杯する場合が多くなってきた。見た感じ外国映画みたいでかっこいいと思っているのだろうが、酒には好みの個人差がある。

ぼくは野暮天《やぼてん》なので、一人で飲むのでも大勢で飲むのでも、いわゆる「とりあえずビール」のヒトであり、その日一日の労働（していないことも多々あるが）を自分でほめてあげるためにも、最初はとにかくビールの一杯が欠かせない。いや、二杯、三杯も欠かせない。最初にビールを飲まないと損をしたような気持ちになるのだ。

シャンパンもいいものになるとおいしいし、ビールと同じように泡立っているから、それをビールだと思って飲めばいいじゃないかと思ったりするのだが、そんな安易に自分をだましてどうする。しかもビールは苦く、シャンパンは甘い。そこのところがシャンパンはぼくにとっては本質的に困るノミモノなのだ。

でもパーティーだから大勢で乾杯するわけで、一人だけビールジョッキや升酒というわけにもいかない。

一昔前は全員シャンパンで乾杯などということはまずなかった。ある小さな出版記念会のようなパーティーでは、驚くべきことに、飲み物はシャンパンとワイン系しかなく、ビールはまったく置いていないのだという。ぼくはびっくりした。こんな日本になっていいのだろうか。

もっともロシアなどに行くと、ビールそのものがあまり簡単に手に入らないから、カンパイはのっけからウオトカである（日本では「ウオッカ」と発音するが、ロシアではどこでも「ウオトカ」という言い方をするので、ここでもそれを踏襲します）。アルコール分四十パーセントとか五十パーセントなどというキケンなやつだ。小さな集まりだとウオトカで乾杯する前に一座の全員が次々にスピーチをする。その後必ず「世界平和のために」と言って、全員で飲み干すのだ。これは強烈。飲むというよりも喉の奥に放り投げると言ったほうがいい、世界でも強烈ランク上位の乾杯で、ここまでくるといやはやどうも…であります な。

悶絶生ビール

数人の集まりなどがあって、みんなに飲み物が行き渡ると乾杯の儀となる。まあこの歳になるとぼくにそのオハチが回ってくることが稀にある。そして夏が近づいてくると全員生ビール、などということが多い。

炎天下にやってきて一刻も早く冷たい生ビールを泡ごとゴクゴクやりたいのだが、客待遇でその席に行ったときなどまず最初にヒエヒエアワアワの生ビールがぼくの前に届く。

乾杯とか挨拶なんていいからすぐにそれを飲み干したいのだが会場にいる全員に生ビールが行き渡らないと「乾杯」の儀とならない。

三十人ぐらい参加者がいるとサーバーからジョッキにビールをすっかり満たすまで十分ぐらい時間がかかってしまうことがある。

一番最初にぼくのところに渡された生ビールのジョッキに盛りあがっていたヒエヒエアワアワの部分はどんどんその力を失っていき、もうとうに最高最大の「飲み頃」チャンスから遠のき、あまつさえ全体が最初渡されたときからだいぶぬるくなっているような気がする。

だからぼくはこの乾杯の儀というのがキライだ。そもそも早めにぼくのところに生ビールが運ばれてきたときなんか悲しい。全員にそれが行き渡るまで、わが手の中でどんどん新鮮味を失い劣化していくビールを見ているのが悲しくてならない。気の利いた人が幹事などやっていてその人も秒単位で「飲み頃」を失っていく悲哀を十分理解してくれていると、一番最後にぼくにサーバーから採取したばかりのヒエヒエアワアワのビールを持ってくるよう采配してくれるときが稀にあり、その幹事がいやにいい男に見えたりする。

この手の生ビール乾杯でもっとも野暮なのは、全員に生ビールが行き渡ってからの乾杯の挨拶に五分ぐらい時間をかけてまったく面白くもないどうでもいい「挨拶」などをする偉い人なんてのが時々いることだ。会場の全員が目の前の生ビールがどんどんあたたまっていくのを絶望の淵から見つめていく悲劇はいつか殺意の感情にふくれあがっていき、そのうち「生ビール殺人事件」など起きるかもしれない。

古代の乾杯

「乾杯」というとめでたい酒席のスタートということで、一座のまあそれらしきお偉方代表みたいなヒトが音頭をとり、挨拶らしきことを何か言う。たいていつまんないことをいつまでも言う。持っているビールがどんどんあったまってくる。泡も消えていく。だいたいそういうふうになっている。このグチはもう言ったか。

一番アホくさいのは、乾杯するお偉方が遅れているのでもうとうにみんな飲んでいて、酒席はざわついているのに、お偉方到着、ということで乾杯する、というやつだ。形式主義の極致で感動も何もない。

ところでいろいろモノの本を読んでいると「乾杯」というのは必ずしもめでたい儀式ではない、という話に出会った。ずっとむかし、西洋のどこかで戦争が起きた。古代の話で槍《やり》や剣などでコロしあうような「イクサ」と言ったほうがいい戦争だ。

形勢は悪く、もう確実に負ける、ということがはっきりしてきたときに、その王族の幹部重臣が集まり、王が敗北を覚悟し、まわりの側近たちと最後の別れの杯を交わそう、ということになった。

古代の酒は赤ワインである。器は木で作られていた。そこに赤ワインを注ぎ、それぞれに毒を入れる。集団自決だ。

こすからいのが自分の器にはなんとか毒が入らないように細工する。そういう奴がいつの世にも必ずいたらしい。ズル賢いそういう奴を逃さないために毒の入ったワインの器をみんなで思いきりぶつけあい、それぞれの器にワインの飛沫がとびちり、まんべんなく毒が混ざりあうようにしたのが「乾杯」の始まりだったという。

だから「乾杯」というのはそもそもそんなにめでたいものではなかったというのである。現代はグラスや猪口《ちょこ》での乾杯になるからあまり激しくぶつけあうと割れてしまう。「乾杯」で集団自決がなかなかできにくくなってしまったのだ。

うまいビールの不滅の法則

晩秋の北海道。帯広と釧路《くしろ》に行ってきた。どちらも仕事の旅だ。今は紅葉まっさかりで、風景が叙情的に燃えている感じだが、観光旅行ではないので空港からのバスの窓からそんな「でっかい秋」の風景の片々を眺めて街に入っていくだけだ。

ホテルに仕事関係の人が待っていて、到着したその夜は荷物を部屋に放り投げ、すぐさま盛り場に行っての酒宴になる。

ぼくのほうも東京から飛び立つときにその瞬間のヨロコビがとりあえずその日の目標だった。

ぼくの好みをよく知っている知り合いが『サッポロクラシック』のナマがある店を探しておいてくれた。やれ嬉しや。

なぜか北海道に多いのだが、生ビールはジョッキではなくグラスの大きなものに注いでくれる。ぼくはこれがたいへん好きだ。

較《くら》べれば把手《とって》のあるジョッキというのははなはだ大ざっぱなウツワであるような気がする。そいつは野外でのビール酒宴にこそ似合うような気もする。

その日行った、まさしく大人の料理店といった風情《ふぜい》の店ではジョッキではなくこの大ぶりのグラスだった。ほどよい割合で注がれたビールの泡と中身が蠱惑《こわく》的だ。

八人ほどのメンバーだったが、苛立《いらだ》つだけで意味のない「最初の挨拶」続いて「乾杯の挨拶」なんてのはまるでなく、すぐさま全員ですばやく乾杯！

グビグビ、という自然のコトの流れがここちいい。

そうしてまたご当地で飲む『サッポロクラシック』のうまいこと。鮮烈な高級感が漂い、その酔いもビールにしてはじっくり奥が深いような気がする。

『サッポロクラシック』はその流通を北海道に限定しているのは賢いマーケティングだと思う。

北海道に行かないと飲めない、というところにビール会社の懐の深い慎ましさがあるような気がする。ビールは生産工場に近いところで飲むほど「うまい」という王道的主張はやはり不滅の法則なのだろう。

ジョッキの中の氷盤

夏の沖縄のビールはうまい。冷たければ缶でも瓶でもジョッキの生ビールでもとにかくうまい。夏の沖縄のビールのうまさは①飲む人のまわりを取り囲む空気が粒子単位で熱せられて緻密で綿密な暑さになっていること、②頭の上の青すぎて黒く見えるような空、③ビールの泡の流れるような雲の色——だ。

けれど沖縄の多くの店の生ビールには用心すべきことがいろいろある。とくに観光地などのお店にはなはだしいのだが、生ビール用のジョッキを冷凍庫の中に入れて冷やしているところが圧倒的に多い。いや、そうしないとその店がジョッキ冷やしをさぼっていると思われ、いつ客離れの原因になるかわからないという話も聞いた。ところがこのジョッキの多くは、洗ったまんまで冷凍庫に入れられる。もっともやばいのはそのジョッキを入れるとき、飲むほうを上に、底を下にして——つまりは早い話がさかさまにではなく――そのままじゃんじゃん冷やしてしまうことだ。

生ビールを注文すると、その冷却ジョッキを引っ張り出してビールを注ぐことになる。当初はテレビコマーシャルに出てくるような外側にびっしり冷たい氷の汗をかいたような実にうまそうな生ビールになるわけだけれど、実はこれは本当のビール好きには最悪の状態なのである。洗ったままで中を拭かずに冷凍庫に入れたジョッキは、当然水分も凍っていく。凍るまでにかなりの水分が底にたまる。たまった水分は薄い氷盤のようになってしまう。そこにビールが注がれるのだから、多くの場合飲んでいるうちに突然ジョッキの内側からポコっと薄い氷が浮き上がってきたりする。

ビールの中の真水の氷ほど間抜けなものはない。でも沖縄の生ビールは都市部の店も含めてたいていこんなふうで、まあいかにも〝うちなー〟らしく、これも「なんくるないさあ」なのであるが。

ラッパ飲みの快楽

アメリカの映画などを見ていると、ビールをラッパ飲みしている光景が多い。日本のように小さなグラスにトクトクとビールを注いで、小指を立ててそこそこお上品に飲んでいる姿というのはあまり見ない。グラスで飲むのはウイスキーなどの強い酒のようで、ビールは清涼飲料感覚なのかもしれない。もうひとつは、欧米のビールは小瓶が主流になっているケースが多く、グラスなどに注がなくてもラッパ飲みで一息！というレベルだからなのかもしれない。

日本や中国をはじめとしたアジアのかなりの国では、六百三十三ミリリットル入りの大瓶がむかしは一番幅を利かせていたから、これをラッパ飲みにするには少々分量が多く、それからビールの出始めは、日本ではそこそこ高級酒の範疇《はんちゅう》に入っていたので、茶碗なりグラスにそれぞれ個人の分を注ぎ、大瓶を数人で飲むという方向に行ったのではないかと思う。

近頃は、瓶ビールよりも圧倒的に缶ビールが増えてきたから、これは欧米における小瓶のラッパ飲み感覚で飲むことができる。いろんな仕事がらみで海や山で野外料理をし、キャンプでの酒が多い人生だが、缶ビールほどフィールドワークに適応したビールはないように思う。でもぼくはこれから飲む自分のビールをじっと見つめて、泡の分量だとかビールの色をしっかり確かめて飲むのが好きだったので、しばらく缶ビールからの直飲《じか》みは好まなかった。

海や川などに行くと、ペットボトルの一リットル入りぐらいのものが転がっている。あれを拾ってきて、ちょっと洗って下のほうをいい具合に水平に切ってそこにビールを注ぐと、それで立派なビアジョッキになり、ビールと泡の比率などを眺めながら飲んでいたら、まわりにいる連中がそれをまねしているのを見てやや笑った。

趣味嗜好《しこう》はいろいろ変わるもので、今は小瓶の美味しいビールを見つけてきて、それをむかしの映画で見たようなラッパ飲みをするという、懐かしい飲み方に宗旨《しゅうし》替えしている。

痛風問題

アホバカ的酒飲みには間違いない。もしかすると数十年も毎日最低ビールの二、三本は飲んでいるかもしれない。多いときはコップに二、三十杯となったりする。我ながら飲みすぎだなあと思ってからもう十数年、たまには風邪でもひけばそこに酒があっても飲む気にならないだろうが、その風邪をなかなかひかないのだ。まぁたいへんありがたいことである。必ず最初に飲むのはビールであり、暑くて乾いた空気の環境下などでは二、三時間ビールを飲み続けることさえある。

ビール飲みで近頃話題になるのは痛風問題である。ビールだけではなく酒全般に関わるものらしいが、痛風の原因になるプリン体をもっとも多く含んでいるのがビールである、といろいろな本に書いてある。そうしてぼくのまわりでは近頃ばたばたと痛風を発症し、一週間近く泣きべそそのような電話をかけてくる友人が増えてきた。

そいつらが異口同音にぼくに聞くのは「シーナさんはまだ痛風にならないのですか?」という尋問《じんもん》に近いような質問だ。彼らはぼくがビールをがぶ飲みしているのを知っており、それにしては自分のほうが先に痛風に倒れるのは不公平であるという、まぁ、いちゃもんに近い質問なのである。

毎年ぼくも気になるから、尿酸値を中心にしたそっち方面の検査をやるようになった。だいたい5〜6ぐらいの数値で移行してきており、あまり変動がないので、ぼくは恐らく痛風などにはならない体質なのだろうと思うようになった。ものの本によると、痛風の原因のひとつにはストレスも大きく、ビールを飲みたいのに我慢して別のものを飲んで悶々《もんもん》としていると、かえって数値が上がるという。そこでぼくは悶々とするよりはぐびぐび方向でいこうと決めていた。ところが今年の検査でいきなり尿酸値10・0の数値になっていた。さて、どうするか。

読者のほとんどの方は尿酸値が高くなると何がどうなるかということはよくご存じに違いない。のんべえたちがひそかに恐れる痛風が発症しやすくなるのだ。個人差があるというから数字だけでアウトかセーフかをどうこう言えないところもあるが、ぼくの友人の中では10・0で発症という人が何人もいて、これはまあ相当にヤバイ事態なのだなということがぼくにもわかる。なんとかせねば。

これもまた読者の多くはご存じと思うが、尿酸値を高める極悪物質はプリン体である。多くの食物に含まれている特殊細胞と思えばいいようだが、とりわけ含有率の高いのがビールであり、食べ物では魚類の内臓系、アンキモなどは濃密なプリン体の塊と思っていいらしい。魚卵系は粒が小さくなればなるほど、それだけプリン体の数が増していく。卵一個に対してプリン体一個というから、そんなことを知った多くののんべえはダチョウの卵を思い浮かべるに違いない。あれは卵一つでちょっとしたネコぐらいの大きさだが、プリン体は一個である。とはいえダチョウの卵を実際に食べたことがあるが、あれはまずいし、それにあまりそこらで売ってはいない。

始末が悪いのは、焼き鳥のレバーであるとか、カツオ、アジ、大正エビなど居酒屋でざくざく出てくるうまい酒の肴の多くが含有率の高い極悪物体であることだ。厳密に言えば、居酒屋のメニューを開いて眺めまわすと、ほとんど食べるものがないくらいの絶望的な状況に気がつく。

痛風についての問題点やら対応策やら、そうなることのメカニズム的なことなどを考えているとどんどん話は四散し八方に広がり、気にしすぎたのか、その間についにぼくも、なんとなく痛風かもしれないと思える嫌な痛みが、ある朝、右足の親指あたりに出現した。

これまで十数人の痛風経験者に、もう痛くて痛くて寝返りも打てず、もちろん歩くことなど論外で、見れば親指は黒赤にふくれあがり焼きすぎた明太子みたいだった、などという話をいっぱい聞いた。痛風は風が吹いても痛いからああいう文字になったと言うけれど、実に本当なんだよ、という体験談である。なぜかそれぞれの人に共通しているのは、みんな嬉しそうなのである。まあ、聞いたぼくが、どうもこのあいだ痛風みたいな症状になっちゃったんだよ、と言ったことで、得たり、とばかりの痛風自慢が始まったのだろうけれど。でもぼくは指は腫《は》れていなかったし、その日のうちに歩いていたし、階段の昇り降りがちょっと辛《つら》かったぐらいで、三日ほど痛いんだかそうでもないのか曖昧な状態が続き、じわじわと消えていった。だからあれは疑似痛風（そんなのがあるのかどうか）、もしくは精神的な痛風の練習（そんなのあるのか）だったのかもしれない。今はもうけろっとしてしまっているので、ややもするとその疑惑の三日間の記憶が遠のけば遠のくほど忘れ去ってしまいそうな気配もある。

でもそのことをぼくの弟が聞いて言うには、アニキよ、油断しちゃいけないよ。このあいだ読んだ本には隠れ痛風というのがあって、痛みや腫れはほとんどないという。しかし体の中にじわじわ発生している（たぶん）凶悪プリン体軍団が、戦力の増強をひそかにはかり、ある日の一斉突撃を模索しているということもあるんだ、と言うのだ。

ビールと駅弁

作家という仕事をしていると、ときおり講演というものを頼まれる。言われた日時に余裕があって、しかも頭の中にもそこそこ余裕があるときは、そのようなものを引き受けたりする。ぼくはいつもテーマを決めず、そのとき思ったことを時間内に話すという、たいへんぞんざいな対応をするので申し訳ないのだが、話しながら、自分でも信じられないくらいのテーマでそこそこまとまった話になってしまうこともあり、びっくりしたりする。きっと空っぽの空気頭が必死になっているからだろう。

ぼくはそういう大勢の人の前で話をするときは空腹で臨むことにしている。中にはご厚意なのだろうが、講演前に一緒に昼食でもいかがですか、などという申し出があるが、それは丁重に断ることにしている。お腹のほうも空気頭に呼応して、空っぽにしておいたほうが、飢餓《きが》感に満ちていい方向に作用しているような気がする。

そのかわり、そうした仕事を終えて帰宅するときに、駅で、これは、というその土地でのうまそうな食材が並ぶ弁当などを買うのが楽しみになる。何でもそうだが、ひと仕事終えた後の弁当ほどシアワセなものはない。新幹線などのときはわりあい早めにホームで列車が来るのを待っているようなことが多い。弁当をただ食べるだけではなく、本当はむしろそちらのほうが主役なのだが、ビールやハイボールの缶を買い込む。これらはできるだけ冷えているほうがおいしいのは言うまでもない。

そこでそれらを売っているキヨスクの近辺でうろうろし、列車が入ってくるというアナウンスが始まった頃、そうしたサケ類を買うことにしている。発車前にキヨスクが混むことがあり、これはたいへんイライラするが、まあたいていは無事購入。指定された席に他の客がいないと、なぜか嬉しくなる。さして意味はないが、座席に座って四、五分待ってから、ビールのプルトップをプチンとやり、弁当の包みをほどくときほどシアワセな気分はないのですな。

麻雀と酒の関係

ときおり麻雀をやる。締め切りの厳しい連載小説を書いていて、なんとか無事終わった日など、親しい麻雀仲間に連絡して卓を囲む。タバコの煙に弱いので麻雀荘ではなく個人所有のビルの空いている部屋が会場だ。

麻雀をやるとき何が楽しい瞬間かと言うと、好きな酒を用意して一斉に、そのときだけノーサイドで乾杯し、最初の配牌《はいぱい》を目の前に並べたときである。同時に手にしていたサケをグビリとやるとき。

季節にもよるがやはりよく冷えたビールがいい。最初の自分の手が良くてもまあまあでも稀にみる最悪でも、この場合はまだ未来があるから悪い手でも気分的にはそれほど落胆はない。ビールの最初のホロッとした酔いがここちいい。誰かがいち早くだらない手でアガってても缶ビールの二本目がまだまだ明るい余裕を生んでくれる。一時間ゲームをして一回ぐらい安い手でアガっただけでも缶ビール四缶がホロ酔いからフワ酔いに進んでいるので状況的、人格的にまだ余裕がある。

三回戦ぐらいになると、ツイている人とそうでない人の差が次第にはっきりしてくる。だいぶ進んだ缶ビールのために勝っても負けても（後者のほうが多いが）トイレに行ってたまったビールの濾過液《ろか》みたいのをドバッと思いのたけ放出し、少し気持ちは楽になる。しかし戦場に戻ればまだツキの流れはこない。もう缶ビールには飽きてきている。ツイていないのをビールのせいにしたりする。この頃、タカラの缶チューハイに切り換えることが多くなった。ビールよりわずかにアルコール分は高いからビールほどひっきりなしに飲まなくてもいい。

体の中が次第に缶チューハイの指揮下になってきた頃、思いもかけない手でアガって断然トップ。酔いの質が変わり、遅まきながら、ようやくわが身に「時代の流れ」がやってきたのだ。ツキを変えるためにはサケの種類と酔いの質を変えるのも大事である。

尿酸値と、救いの神ノンアル

このあいだ、健康診断を受けたら、まあ予想はしていたけれどそれまでよりもずっと結果に問題があった。すべては酒のせいだ、と医者は言う。自分でも身に覚えが十分あることだからうなずくしかない。医者の立場からすると、これは断酒をすすめるしかない数値ですよ、と悲しいことを言う。問題なのは尿酸値で、これは前から高かったけれど、何がどう作用したのか、今までの数倍の数値になっている。

あまり意志が強くないので、断酒などという思い切ったことができるかどうかはなはだ心もとない。そのとき同じく酒好きの医者がこのようなアドバイスをしてくれた。

「今たくさんの種類が出ているノンアルコールビールで、ビールを割って飲むということを私はやっているんですよ。まあ心もちビールを少なめの割合にしているけれど」

夏の暑いときの晩酌にそれで十分なようである。これはいいことを教えてもらったと、早速近所のコンビニからノンアルコールビールを大量に仕入れ、本物のビールと一緒によーく冷やし、ほぼ半分ずつにして飲むことにした。今までは夕食時家で飲むとき、缶ビール五、六本が普通だったが、その分割作業でけっこうな満足感があった。

幸いなことにビールはノンアルコールでもお腹がいっぱいになっていくから、自然に総量規制という、想像もしなかった状態を体験した。一度、ビール一本にノンアルコールビール二本という極端な比率で飲んでみたが、これは割合を計るのが難しい。下手をするとノンアルコールビールが三分の一本ぐらい余ってしまうことがある。

むかしはノンアルコールビールなど、なんだこんなまがいもの、といっさい口にしなかったのだが、今は貴重な救いの神である。問題は割合の加減であり、これがいつ頃うまくいくようになるのか、それなりに修練を積まなければならないだろう。さらに問題は外出して知人等と飲むときだが、今では堂々と自分の割合のためにノンアルも注文し、黄金比に近づけるように飲んでいる。

オンザロックのノンアル割り

ビールと一緒にノンアルコール飲料をあわせ飲む、という話を前項に書いた。ビールの中にうんざりいるという痛風のモトであるプリン体をこれで少し薄める、という我ながら姑息《こそく》な対策だ。

自宅で缶ビール四本飲むときにノンアルコールを四本飲むと、テーブルの上は缶ビールみたいのが八本並び、気分はなかなか豪勢になる。

でも当然ながら問題は「酔い」というものがあまり明確にこない、ということだ。当たり前だけれどな。

そこで最近はウイスキーのロックをこのノンアルコールビール（もどき）で割って飲む、というういじましい作戦に出ている。

ウイスキーのオツにすましした味に流入してくる（文字通り）ノンアルコールビール

の褐色《かっしょく》の流体物質がなかなかうまい具合に溶け混じり、ただのオンザロックよりも奥深い味になってくるのだ。

昨夜は新宿の、むかし週に一回はかよっていた居酒屋で、本格焼酎『富之《とみの》宝山《ほうざん》』のオンザロックにこのノンアルを割って飲んでみた。

ただの水割りとか炭酸割りに比べて、日本古来の本格焼酎がじっくり相手の様子をうかがいながら気難しくせめぎあい、そして少しずつ相手の主張を受け入れながら混ざりあっていく、という異文化同士の袖すりあいを楽しんだのである。

この店には、むかしぼくがスコットランドのアイラ島に行って、シングルモルトのボウモアを旬の生ガキにソースのようにかけて食べる、という地元の食い方を知らせたら北海道の厚岸《あっけし》の豊満なカキを定期的に仕入れるようになり、今年一便の肴が出てきた。

いくつもの国籍の違うスグレモノが三方向からせめぎあい、激しく自己主張をしながら、次第に一体化していく、というダイナミズムを味わったのだった。これらはこのノンアルの介入によってもたらされた酒飲みの構造改革のひとつの成果なのである。

人生は黒ビールだ

今年もだらしなくまあよく飲んだ。この季節、夕方に向けてあたりが暗くなっていくスピードがずんずん早くなっていく。

秋はつるべ落としとはよく言ったものだ。想定していたよりも世の中の日の暮れのスピードが早く、こうしてはいられない、という気になる。もう初冬だものなぁ。

商店をやっているわけでもないのにそんなにアセル必要はとくにない、と思うのだがよくわからないうちに「世間」がじゃんじゃんとおりすぎていくような気がする。「世の中よ」あんたもうちょっと落ちついてそのあたりのコト考えたらどうなんですか、などと思うのですが、彼らには特別に早く季節がとおりすぎているようだ。

そうこうしているうちに早くも季節が変わっていく。季節はだいたい三か月単位で「一季節」になっているんじゃないのかね。四季節すぎると一年だ。一年がいくつかすぎると人生というものがからまってくる。ますますこうしてはいられない、と思うようになる。今年ぼくは「黒ビール」の年だった。少し目端を変えてみたのです。気配が変わってたいへんおいしい。

そうして結局一年間、黒ビールでしたよ。

いきなりヨソの国に行ってしまったような不思議な懐かしさを味わいましたなあ。毎年よく行く新宿の居酒屋に生の黒ビールがあってそれを飲むと世の中にこんなにおいしいビールがあったのか！と感激しておりました。少し濃いように思ったときは体調に関係しているような気がする。そういうときは普通の生ビールで割ればいいのを知った。

ハーフアンドハーフといって最初からそういう注文ができるのだった。そういうことを知らずにいくつもの季節がとおりすぎてしまった。日本の四大ビール会社が黒ビールを造り、売っているのですねえ。濃い場合は普通のビールで割ればいいんだ。これで無敵だ。

久々の逸品

ぼくが東京でよく飲んでいるところは新宿と銀座だが、銀座はむかしサラリーマンをしている頃十五年ほど勤めていたし、自分で映画プロダクションを作ったときも、銀座一丁目にオフィスを設けやはり十年ほどかよい詰めた町だから、けっこういろんな店を知っている。かなり真剣なビール党だから、なじみの店はとにかくうまい生ビールを飲ませくれるところに限る。そういう店は探せばけっこう見つかり常連になる。そんな店が十軒ほどできたけれど、どういうわけかぼくが好きになるビアレストランは、たいてい何年かすると閉店、もしくはどこかへ移転してしまうことが多いのだ。そういうことがたび重なると、あまりやみくもに自分の好きな店を作らないほうがいいのではないかとさえ思ってしまう。

そうして銀座から離れて、しばらくは新宿の好みの店のほんの二、三店に集中してかようようになった。その店の経営者とは非常に懇意《こんい》にしているので、まあよほどのことがない限り閉店したり移転したりはしないということは確かであり、安心している。

そうしてつい先だって、そろそろ銀座に行けばまた新しい気の利いたうまいビールを飲ませる店ができているのではないかと思って少し歩いてみたが、大通りも裏道も、中国人大旅行団が大勢ひしめいていて、そのお祭りのような雑踏を歩いている悲愴感が増し、さらにやはりだめなのかという喪失感にさいなまれる。

今年になって出版社との打ち合わせ仕事があり、神保町のあるドイツレストランを教えてもらった。そのビルの上にある大型書店はしょっちゅう行っていたのだが、本探しばかり夢中になり、地下にドイツビアレストランがあるということはまったく知らなかった。その店でErdinger《エルディンガー》という、やや濁ったビール五百ミリリットルと出会い、一口飲んだとたんに相当に深い苦味と甘味を感じ、今やすっかりその店のとりこになってしまった。しかし用心のためにあまり頻繁に行かないようにしている。

ランチョンのしあわせ

神保町の「ランチョン」は歴史のある大きなビアホール。ビール好きの人に絶大な人気がありいつも昼間から賑わっている。したがって一人でも堂々と飲める。

まわりは日本一の古書店街だ。数時間のアキができたときに古本屋めぐりをして思いがけない希少本などを見つけ、ヨロコビに満ちてこのビアホールに入って、午後の生ビールをゴクリとやるときなど、人生のシアワセを感じます。

店は二階にあり、歩道からやや螺旋《らせん》型になった鉄パイプに組み込まれた木の階段をあがっていくと、ビアホール独特の喧騒《けんそう》が広がっている。

キリッとした黒いタイトスカートのウエイトレスが出迎えてくれる。

電車のキップを買うときのような食券自動販売機などというヤボな機械はなく、ここは人間の言葉で注文できる。今までそのことに気づかずにきたが、昨夜久しぶりに

「ああ、ニンゲンの店だ」と嬉しく思ったものだ。

遅い午後だがもう三十人ぐらいの客がいる。大きく明るい窓から街路樹が揺れているのが見える。

ここに来るとアイスバインをまず注文する。他の店ではほとんど扱っていない豚の脛肉《すねにく》料理。太い脛の骨まで入れると一キロは超えるボリュームだ。いやもっと重いかもしれない。注文して二十分ぐらい待たなければならない。だからすぐできるニシンの酢漬け、スモークサーモンなどを頼み、まずは生ビール。続いて黒生ビール。黒ナマ。こんなにうまいものはない、と最近思うようになった。

三〜四人で飲むと、みんな気持ちが浮きたっているからついつい笑い顔になっている。ビアホールには笑い顔がよく似合う。

二杯目のジョッキがカラになる頃、アイスバインが出来あがってくる。

ぼくはこいつの脂身が好きだ。カラシをたっぷりつけてかぶりつく。しあわせである。

4
コロナと家飲み、近場飲み

新発見、生ハムの実力

この冬は例年と比べると異様に寒かったような気がする。友人に言うと、それはトシをとったからじゃねえの、などと言われるが、そう言っているやつが同じトシだったりする。年齢とは関係なく体脂肪の問題ではないかとぼくはかなり前から考えていた。仲間うちの体型を見ると、百キロ超級の友人に、こちらがコートにマフラーなどしている前で、Tシャツ一枚で涼しい顔をしているのがいるからだ。

寒いと家で飲んでいることが多かった。連れ合いと二人きりの食事だから、まあ通常だと六時半ぐらいには食事の支度ができており、わりあいいつも豊富に作ってくれるおかずを前に、まずは一杯、というのが一日のしめくくりであり、至福の時間——という状態がとくに濃厚になってきた。

年齢とともに家庭における酒の肴の嗜好もけっこう目まぐるしく変わってきており、

最近は、カツオのたたきを週に一度、妻に注文する。今、デパ地下でかなり上品に焼いたそいつを売っている。ビールにもワインにもこれが実に具合がいいのですなあ。カツオはもともと好きな魚のナンバーワンだったが、いわゆるカツオの刺し身というのは、ビールにはあまり合わない肴である。しかし、たたきになるとこれが感動的にオールマイティーの威力を発揮することに気がついた。

冬場にはビールも大瓶一本ぐらいで、あとはワインに代わることが多かった。ワインの肴もいろいろ嗜好が変わり、最近発見したのは、生ハムの驚くべき実力だった。これもデパ地下で買ってきてもらうのだが、あれはなんというのか、クロワッサンの生地を使った食パンがあり、これを薄く切って生ハムをくるんで食べると、びっくりするほどワインに合うことを発見した。今まで、なぜこの組み合わせに気づかなかったのだろうかと歯噛みする思いだ。

このごくごく簡単な肴は、食事がわりにもなり、このところの大きな発見、大収穫だ!と思っている。

ありがとう、コロナビール

「メキシコのコロナビール一時生産停止」という記事が出ていた。思えば新型コロナウイルスの業火《ごうか》まっさかりの頃で、これじゃあやってらんないだろうな、と悲しく納得するしかなかった。

ぼくはコロナビールにたくさんお世話になったし、暑い国であのさわやかな南国ビールを飲むのが大好きだった。

独特のデザインで書かれた「Corona」のロゴもいい雰囲気で、このビールを頻繁に飲んでいるところではたいていラッパ飲みしているのもカッコよく見えた。

暑い国での体験が多かったからだろうけれど、このビールはアルコール度が低かったのだろうか。そうやって何本も続けざまにラッパ飲みしている風景が多かったし、自分でも、このビールは何本飲んでも酔わないような気がしていた。

初めてメキシコに行ったときホテルの部屋の冷蔵庫のドアがいわゆる観音開き（左右の扉が両開き）になっていて、そこにコロナビールが三十本ぐらいドカーン！と収められているのを見て、いささか大げさに言えばひっくりかえりそうになった。なんというおおらかさ。同時に南米独特のマニャーナ精神に初めて触れたような気がして嬉しくなったものだ。

その頃、日本の地方のホテルなどでは冷蔵庫に穴があいていて、そこにビール瓶が入っていたりした。一度引き抜いたらもう戻せないからね、というういじわる構造である。

そんな国からやってきたのだから、この「死ぬまで飲んでくれぇ」という展開に大喝采《かっさい》を送ったのだった。

規則的なコロナの日々

新型コロナウイルスの自粛要請（二〇二〇年）に従って四月頃から自宅にこもって仕事していた。短いものから長いものなどの原稿シメキリが常に押し寄せてくるので自宅にこもっているときはそれらの原稿を書いている。小説などを書いているときは十日間ぐらい自宅を一歩も出ないことがある。

外出するにしても早朝や深夜に近所をサンポする程度だからきわめて正しい自粛態度をとっていたのだった。でも考えてみるとコロナがあろうがなかろうが、こういう態度はぼくの以前からの日常そのもので、とくにエバル理由もないし、エバって言っているのではないのだった。

大きく違っているのは外国などを含めた長い旅にすっかり行かなくなっている、ということだったが、それもコロナとは関係なく（少しあるかな）歳をとってきて以前のように気軽に知らない国に行くことが億劫《おっくう》になってきてのことだった。

と、なるとぼくの日々は以前と何も変わりない、ということになるのである。いや、強《し》いて言うと以前よりキチンと夕食のときにサケを飲んでいる、というコトであろうか。どこかのお店に行って編集者などとイッパイやりながら打ち合わせをする、ということが少なくなって、用件は電話やＦＡＸでコト足りてしまっている。ぼくはパソコンなどをやらないので、オンラインでかしこまってアレコレ打ち合わせをする、などということもないのだ。

そんなわけでよく考えると、ぼくの生活でとくに以前はそんなコトしなかったな、と思えるのはわが家のサケの在庫が気になり、時々ガレージの片隅に備蓄してあるビール、ワイン、ウイスキー（バーボン主流）、焼酎（黒霧島）などの確認に行くようになったことである。一人で飲むのだからそれとてどれもたいした量ではないが、確認できると心から安堵《あんど》し、また前日と変わりない明日の日常にのたのた進んでいくのである。

いま一番好きなサケと時間

この頃完全にハマッてしまった毎晩のサケの飲み方がある。人間の慣れとか習性は恐ろしいもので、それは（二〇二〇年）春頃から始まって、いまだに揺るぎない。

なに、たいした話ではないのだ。

むかしからぼくは品性下劣で、食いものは安くて下品なものが好きだ。子供の頃に世の中で一番うまい！と感動したのは祭りの屋台のヤキソバだった。今はもうまず見かけないが経木《きょうぎ》（木を薄く切って小皿がわりにしたやつ）の上に焼きたてのヤキソバがのって少し湯気をあげていた。ひとつ五円。あれがうまかった。でも親がくれる小遣いは十円ぐらいだったからおかわりはできない。

大人になって自由に使えるカネを持ってたら死ぬほど屋台のヤキソバを食おう！

少年シーナマコトは夜空を見上げて希望を持ったものだ。

今なら経木百個分ぐらいは買える。でももうそんなに食えないじいちゃんになってしまった。人生は、皮肉、かつ薄情である。

そんなことをほざいていると本来書きたかったことを忘れてしまうではないか。

この春あたりから（あっ！　コロナと同じだ）始まったぼくの毎晩のサケはけっして右顧左眄《うこさべん》することなくキッパリ決まっている。

まあそんなに力をこめて書くほどのことでもないのだけれど、ひとつの例として。

ぼくはバーボンウイスキーが好きで、その中でもI・W・HARPERがむかしから一番好きだ。これをグラスに五分の一ぐらい入れてよく冷やしたサントリーのノンアルコール、オールフリーをドバドバっと入れて飲む。カロリー、糖質、プリン体全部ゼロのいいやつです。そうしてうまい。

こういう仕事をしているとたいてい自宅にいるから夕方頃におおかたの仕事が終わるとこいつを飲みだす。至福の時間がやってきたのだ。世の中のコロナどものことなど忘れて自分の一番好きな世界にさまよいだすのです。

入院とビール

二〇二一年夏はからずもコロナに感染し、入院していた。南米のピスコによろこびコーフンして一晩で一本近くストレートで飲んでしまい、二日酔いとコロナの同時攻撃で自宅で倒れてしまった、というどうしようもない大バカもんの顚末《てんまつ》だった。

救急車で運ばれたのは新宿にある大病院。十日間ほどベッドにしばりつけられるようにしてすごしていた。

そこに至るまで毎日何かしらのサケを飲んでいたがその十日間は（当然ながら）いっさい酒類との関係を絶たれた。

よくしたものでその間、サケ類のことはすっぱり頭から消えていた。飲みたい、という思いがまるでなくなってしまったのだ。まあ両腕には点滴の薬品パイプをぶら下げているし小便はカテーテルで尿道から自然に外に排泄《はいせつ》されている。こんな状態でビールだワインだなどとほざいているわけにはいかないものなあ。

コロナ病棟というのは外部の人がいっさい入れない。入れ、と言われてもコロナウイルスが濃厚にとびかっている場所だからみんな断るだろう。病室に入ってくるのは真面目によく働くナースのみなさんと、ときたまの医師と、朝、昼、晩の弁当運び人ぐらいだ。

夜などあたりはシーンと静まり当方の体調がましになってくるにつれてなんともうすらわびしい。

ベッドの向かい側にあるロッカーに下げられているカレンダーを眺めては退院できる日を何度数えたことか。と言ってもナースも医師も誰もその候補日を教えてくれない。専門家にもわからない、ということなのだろう。

——長く退屈で苛々するそういう日をすごし、やがていきなり女性医師が「明日採血して問題なければ退院ですよ」と教えてくれた。女神に見えましたなあ。わが自宅は隣の区なので、タクシーで帰った。途中のコンビニで缶ビール四個買った。足がフルエてよく歩けませんでしたなあ。

懐かしい居酒屋時代

コロナ規制がゆるやかになり、二十代の頃からもっとも信頼してかよっていた新宿の居酒屋がそろそろ店をあけるのではないか、と期待して店主に聞いたら「まだもう少し様子を見る」と言ってがんこに休み続けるそうだ。かといって四店も大きな店を経営しているのでこれ以上休んでいたら経営基盤が崩壊してしまうのではないか、と心配になった。

そこで真面目な顔をして「本当の理由は何？　行政の特別な協力金がドバーアっと入ってきて働くのが嫌になったのかい」などと下世話なコトを聞いたら、当然ながらそんなこともないようだった。そこで聞いた話は「うちは夕方五時に開店して朝の五時に閉店という店だからもっと決定的に以前のような無規制の状態に戻らないと店をやる意味がないんです」と真面目に答えてくれた。

店主がそのようなカタクナな考えをする人なので残念ながら納得するしかない。

コロナ規制がかかる前は三日に上げずかよっていた店なのであの黄金のざわつきの深夜酒にまだ戻れないのか、と寂しくなった。

もう少しなじみの店を持っていればよかった、と思うのだがそれも「いまさら」の話になってしまった。

ぼくの日常行動は古いなじみの居酒屋がないと本当に困ることになっている、ということを今度のことがあってつくづく知った。

モノカキといえど編集者と打ち合わせなどというのがけっこうある。新刊が出るとそれにからんでの取材というのもけっこうある。それらの打ち合わせ場所はこういうなじみの居酒屋がちょうどいいのだ。事務所とかホテルの一角で、などと考えただけでくたびれるのはだめだ。若い頃はそれでもよかったが、今は間をもつのにもいささか暗いところで酒まじり、というのが最低条件になってきた。そうすることで親しい友人ができていったし、もう二度と会いたくない人なども結構発見したのだった。

名古屋のうまさに詫びる

名古屋で九十分ほどの講演があってその帰り、まだ夕方の少し前、新幹線の時間は二時間ほど先だ。時間を早めてすぐのに乗る、という選択もあったが、帰宅しても妻は仕事で東北にいる。こういうときは東京に帰ってもすぐになじみの居酒屋に直行する、というセンがあるが一番なじみの店はコロナ自粛でいまだにやっていない。

そこで名古屋駅の適当な居酒屋を探すことにした。でもどこに行けばいいのか見当もつかない。ウロウロしているうちに時間ばかりかかってしまう。それに講演が終わると基本的に喉が渇いている。ニンゲンの体は正直なものでノドの渇きはそれなりの緊張と物理的な肉体の問題だ。もう限界にきていた。そういうところで気楽に入れそうなヤキトリ屋が見つかった。生ビールもあり、カウンター席もある。まあしかしヤキトリ屋などに入るのは何年ぶりだろうか。

すぐに前掛けアンちゃんがテキパキと注文をとってくれた。久しぶりにヤキトリ屋に入って気がついたけれど、こういう状態にあるオヤジにはこのような店は非常に便利なんですなあ。注文するのはメニューにある単品をアレコレ言えばいい。飲み物は生ビールで何も文句ありません。そうして一〜二分でその生ビールが目の前に。さらにモノの五分ぐらいでさっき頼んだヤキトリが何種類か揃って出てくる。ヤキトリだからまだアチアチだ。これぞファストフードの神様みたいな状態が現出しているのだ。日本はいい。

ハツ、レバー、カワ、簡単明瞭、それぞれ申し訳ないくらいうまい。申し訳ない申し訳ない。誰に謝ったらいいのだ。少し落ちついてあたりを見回すと、この店は名古屋コーチンを売り物にしているということがわかった。目の前に貼ってある宣伝チラシらしきものに、名古屋に来たらコレを注文しないと！などと書いてある。味噌漬け串焼きだった。さらに詫びつつそれを注文しましたね。

危険な深夜の一人ザケ

最近、深夜一人でわずかな量のサケを飲むことにヨロコビを見いだしてしまった。ちょっとした原稿仕事が終わって、肩と頭のあたりにぼんやりした疲労の蓄積を感じているようなときだ。サケは夕食のときにそこそこ飲んでいるから、それがその日、初めてというわけではない。だからそんなに量はいらず、とりあえずのケジメという感じ。

ん？　なにがケジメだ。

と、正しい人に笑われてしまいそうだ。ケジメという言葉がふさわしいのはその逆で「ここのあたりで飲むのをやめにする」などというときに使うのが正しいような気がする。

と、なにやらぐちゃぐちゃ言っている間にも体のほうは勝手に動いていて何かのサケを探している。こういうとき、ぼくはウイスキー系が断然多い。バーボンのストレートにせいぜい同量ぐらいの冷えたミネラルウォーター割り。それに台所に置いてある薄切りショウガの酢漬け。なんてのが数切れあればあとは何もいらないのサ。

深夜のいきなり一人ザケはシンプルに限る。こいつをやりながら、それまで書いていた原稿を読み返す。それでは仕事からのケジメにはならないが、深夜ザケはほかに何をすればいいかわからない。

その点、このタイミングで原稿を読み返すのは「推敲」という大事な仕事につながっていて、あんばいがいいのだ。

〝仕事頭〟からいったん離れて、ウイスキーの強い酔いが襲ってくる前にとりあえずいくらか客観的な距離をもって、さっきまでのわが仕事の足跡を精査していく、という「半おしごと」というような感覚がなかなかいいのですよ。

原稿の読み返し仕事はすぐに終わり、そのあとちゃんと本気の「ケジメ」をつけないと、気がつけばウイスキーをボトル半分ほど飲んでおり、テーブルの上にはラッキョウとか梅干しとか柿の種などがちらばっている、ということになりかねないのだが。

国籍不明のサケ

よく行く新宿の居酒屋「犀門《さいもん》」で初めて見るサケを出された。TUMUGIという。そういうからには日本のサケなのだろう。しかし瓶の形はスマートに細長く、あちこちすっかり洋酒スタイルだ。

透明な瓶から見える中身のサケも透明で、白ワインとかラムとかウオトカなどと名のられたらうなずいてしまうだろう。

まずはロックで飲んでみた。一口飲んで思ったのは透明な味だ。けっこう強い。瓶に書いてある表示をよく見ると四十度だ。それじゃスピリッツの素性《すじょう》である。癖はなく、肴は何でも合いそうである。

いっけん和洋不明だったが、あえて分ければカクテルベースということになるだろうか。小さな文字で瓶にそう書いてあった。

その店のクズハラ料理長は北海道の出身なので北の肴は何でも絶品の味になる。でも横浜の名門中華料理店で長く修業してきたので中華料理もなかなか奥が深くていつものけぞる。コロナ休業あけで久しぶりだったから肴はすべておまかせにした。

刺し身は当然のようにヒラメがうまい。ねっとりした白身が歯にくいついてきて味の底が深い。真冬にそんなものを食うと刺し身のヒエラルキーの高級魚であるヒラメがマグロを抜いてやっぱり一位になりそうだ。もっともそのあと出されたマグロは大《おお》間《ま》（青森県下北郡大間町）のものらしく中トロが迫力をもってうまいんだなあ。でも！　そのあと出てきたナマコの煮たやつは「タハハハ的」にうまくてまいりました。

ナマコときたら北海道である。二十年ぐらい前に北海道でナマコ船に乗ってマ・マナコとりの実際を見た。そのときナマコのトゲトゲがいかに均等にとんがっているかどうか、がまず最初の「見きわめ」である、ということを知った。きっぱりとがっているのをイボダチがいい、と言うのだ。中華皿にそれが十倍ぐらいの大きさになって出てきた。国籍不明の謎の白酒「ツムギ」にしみじみよく合った。

いい奴、瓶ビール

新型コロナ流行の影響で自宅蟄居《ちっきょ》が続いていて、まあそれはいいのだけれど、自宅在庫では飲み物の幅や種類が限られてくる。

飲み屋じゃないからあまりいろんな種類を置いてないからね。お客さんもいないことだし、ぼくは最初にビール。その日によってウイスキーのナンデモ割りにかえて、あとは仕事の進み加減と酔い加減が方向を決めていく。いつも原稿を書きながらだからそっちのほうとのかねあいが難しい。クラシックのアサヒ生ビールを三缶ぐらいやってウイスキーはバーボン。ビールは夕食と一緒にグイグイやっていき、原稿のときにウイスキーを同伴だ。

最近、この組み合わせが変化してきた。

ある雑誌にハートランドの中瓶が紹介されていた。ラベルなどなく必要なことは瓶に刻印されている。会社も扱い店（問屋ですかね）も出ていて、なんとわが自宅に近い。

ビールはそれが製造されているところに近ければ近いところで飲むのがうまい！というラガービールの法則を思い出した。とはいえ瓶に書かれているのは会社のことであって、この東京の真ん中にハートランドの工場があるとは思えない。でも製造会社と、それの最終飲酒者がこんなに接近している、というのもなんだか嬉しいコトですね。

地産地消――ちょっと意味違うか。ま、いいんだけれど。

家で瓶ビールを飲む、ということをしばらくやっていなかった。瓶にラベルをいろいろぎっしり貼ってない、というのもゴミ出しするときゴシゴシ擦《こす》ってとらなくてもいいので楽な配慮だ。きみはつくづくいいやつだなあ。などとさらによく見ていたら、追加注文するとき、買った店がカラ瓶を有料でひきとってくれる、と書いてあった。ますます気に入ったのだ。当分こいつでいけますな。

ワインの水割り

歳をとってくると自分でも信じられないような嗜好や味覚の変化というものが起きるようで、ぼくのそういう変化のきっかけはたぶんイタリアの邦訳小説だった。

ミステリーなどというややこしい話ではなく、山小屋にこもって孤独と直面しながら、文学の道を深く考える、という魅力的な内容だった。読んで退屈だったらすぐにやめてしまおう、と思っていたのだが、なにげない山野生活の日々が思いがけなく面白かった。

あるとき主人公はワインが刺激的すぎるように感じて水で割って飲む、という描写が出てくる。ヨーロッパの人だから自分らの手の内なるワインをそんなふうに好きなように飲む、という思考と行動がうらやましかった。

ホテルに泊っていたぼくは早速マネをする。その本を読むまでワインの水割りなんて思いもよらなかったからねえ。

やってみるとそれまで刺激的だった酸味が素直に薄まり、それはそれで独自の味やその深みを放棄して、けっしてオカシナモノではない、ということがわかった。薄めたのは赤ワインだったが、次に白ワインでやってみた。赤のときよりも風味の変化があからさまな気がしたが、まずい変化をしたわけではなかった。

うんと下世話な表現をすると、急にわが家のワインの備蓄が増えて豊かになってしまったような気がした。理屈はわからないが、肴の幅も不思議に拡大しているような気もした。

もともとぼくはサケの肴にたいした注文はなかった。どんな肴でも問題ない。

酔っていく速度が変わるのかな、と思ったがそっちのほうもぼくはそんなにデリケートではないのだ。まあ単純ながら「サケが増えたサケが増えた」と言ってよろこんでいる、という程度のバカモノだった。安いワインの年代もの、なんていうのを水割りで飲むと、なかなか渋い勝負をしているような気がした。

ワインというのは、どこそこ地方の何年ものがどうのとか、どこそこの土地のブドウ畑のナニナニじいさんの育てる南西を向いたブドウの木のものがヨロシイ、などといろんなことをいって飲んでいる繊細かつ微妙な背景を持つサケなんだろうなあ、と思い込んでいたのでありゃまあ、となった。

焼酎系の雑駁《ざっぱく》なサケだと、当然のようにお湯割りから始まって何かいろんなものを混入させ、ついには梅干しまで入れてかき回している、というのをよく見ていた。

ビールもあまり他のものと混ぜたりしない、というふうに思っていたが、ミュンヘンに行ったらビールをいくらか温めていたり、ジャムを混ぜて飲んでいたりしてるので何も言えなくなった。そういえばむかし紹興酒《しょうこうしゅ》にザラメの砂糖を混ぜて飲んでいた。今でも有名な中華料理店などに行くとザラメの砂糖が出てくることがある。もともと甘い酒なのにまだ甘くするのか、とあきれたのだがそんなこと言えた立場にない。

下駄と鴨南

わが家から下駄で数分のところに日本そば屋がある。けっこうそのミチの人には知られているうまいそばを打ってくれるところなので昼めしのためにしばしば行きたいが、なにしろ当方、仕事にかかわらなければ昼でも「少々」やりたい口なのでそこへ行くときはいくらか考える。サケを飲むなら相手がほしいが、日本はまだ本質的にキマジメな国なので都会の真ん中で昼からつきあってくれる「よき友」はそうそう簡単にはいない。それでまあ、その日の状況次第、なんていう自分でもよくわからない理由を作ってとにかく店に入ってしまう。

一本つけてもらう決め手は、客の入り具合だ。混んでおらずすいてもいない、というのがいい。先客の親父が徳利を並べ、やや赤い目をして店に入ってくる客を「ふう」などと熱い息をついてじっと見つめているような場合はまわれ右して後日仕切りなおしというコトになりますな。あるいは今日は昼めしとしてのそばのみ、というふうに急速に戦線縮小し、まあモリソバを二枚ですかな。

さしあたりの問題なしで、その日は当方が赤目吐息《といき》親父のようになっていけるぞ、となった場合、まずはアツカン。それからきっぱり「鴨南蛮」でいきますな。でもちゃんとした店でないとこれは通用しません。で、早速ツユにそばをからめてズルズル。あたりの目を盗んで、とにかく最初にすばやく胃の中にそばをいくらか入れてしまうことですな。

あとはリズムをもって酔う方向にズルズル。一般のそば屋の客は展開が早いから、こっちが静かに飲んでいればどんどん回転していき不都合は何も起きません。

徳利が三本ほどになったところで「板わさ」に「たまごやき」なんかをお願いします。そして本格的なズルズルの道へ。そばをすするんじゃなくて酔いの進化がズルズルです。そのあたりでそば味噌なんぞを。なければ焼海苔の数枚。客がそろそろ途切れていきます。

このあいだ入った店にはアナゴの白焼きがあって嬉しくなりました。

ぼくはウナギよりも断然アナゴ派で、寿司屋なんかでも煮アナゴをいきなり握ってもらうことにしている。この世のものではないくらいのおいしいのを食わせてくれましたなぁ。その店の常連になりたかったが新幹線で三十分ぐらい西に行かなければならない。本当のアナゴ食いはそのくらいの距離なんてものともしないなんて聞くけれどまだそこまではねえ。このあいだいつも行く近所のそば屋でアナゴの天ぷらがあったのでそれを注文し、同時に大ザルを頼んだ。そばちょこを大きめにしてもらいタレにアナゴの天ぷらを混ぜ込んで少しずつそばを食ったらうまかったですなあ。だいたいそばには天ぷらが合うものだけれど、真打ちアナゴの揚げたて天ぷらなんですからもうハフハフズルズル忙しい。

ところでそばを高級店で食べるのはあまりいい趣味とは言えないですな。セイロなど頼むとそばのボリュームが足りない。つまり量が少ない。そういうものが高級そば屋の流儀だとカン違いしている。

時々間違ってそういう店に入ってしまうときがあるのだ。

あまりにも侘しくて、ぼくは帰りがけに駅の立ち食いそば屋で二分ぐらいで「アイヨ」なんて言って出てくるアツアツのを食いなおしましたよ。あれにトウガラシと刻みベニショウガを、店のおばちゃんの目を盗んでたっぷりかけて食うとなかなかのものなんです。

酒は列車の中でワンカップで十分。

酒を置く場所

アメリカ映画など見ていてあこがれ、同時に疑問に思うのは、オフィスなどに訪ねていった客にごくごく軽い感じで酒をすすめていることだ。その酒もウイスキーのようだ。それもわりあい安酒のバーボンなどではなく、いかにも高そうなスコッチですなあ。

軽い感じで「飲みますか?」と聞かれ、「飲みます」と言った場はたちまち両者乾杯、という状態になるわけですな。会ってすぐに乾杯が成立する国はうらやましいけれど、いろんな映画を見ていると、どうもそこまで安易になごんではいないようだ。刑事ものなどを見ていると場合によっては刑事と犯人が顔を合わせてたちまち乾杯、ということになるのじゃまずいでしょうからねえ。

だからそんなふうにはいかないだろうけど、オフィスにすぐさま飲める状態でウイスキーが置いてあるのはどうも本当らしい。

いましがた出会っての話の用件がうまくいっても、あるいは破綻《はたん》しても、小さなグラスにちょっと軽くイッパイ、というのが習慣としてあるとしたらうらやましいですなあ。欧米の人々は体質的にアルコールに強いからほんの「キツケ」程度に一杯、という感覚でイケルのかもしれない。

この習慣を日本であてはめるとアツカンをお銚子《ちょうし》でイッパイということになるのだろうか。状態としてどうも軽くイッパイ、というわけにはいきそうもない。だからといって訪ねてきた客とさしつササレツということにはなりそうもない。そうなると一人手酌で、というコトになるだろうか。それも無理のような気がするなあ。一人でやっているとハラの中で話がどうもあらっぽく乱れてきて、今のちょっとした会話がいささかヘンなふうになって、気がついたらその夜殴り込み、なんていうふうに暴発していっちまう、なんていうことにはならないでしょうけれどねえ。でも日本酒だとアトをひいていく気配がありますなあ。やはり酒を置く場所、という問題を考えないといけないんでしょうかねえ。

春らんまん、秘密の一人酒

渋谷の下町に住んでいます。越してきたのは二十年ほど前のことです。当時は駅から家までのあいだに本屋が二軒、寿司屋が一軒、魚屋が三軒もあった。おお、思えば贅沢な時代でした。それらは今、全部なくなってしまった。

魚屋があった頃、さばいてあるカツオなどを買って帰り、夕方からイッパイやる。ときに刺し身にして食っていた。思えば魚屋で買ったカツオは五分ぐらいで家の流しに横たわっていたのだった。

今サカナは渋谷か新宿のデパートで妻が買ってくる。いつもカツオ、というわけにはいかずそのときはマグロを頼んでいた。中トロぐらいの小さな切り身でよかった。ついでにアボカドを一個。そして生ワサビ。そんなにたくさんはいらないけれど、あまり少ないと売ってくれないし、これがないといけなかった。

家で飲むとき、肴はこれだけで十分。

マグロはキハダやメバチが第一目標。これの生に限る。本マグロのときは冷凍しか手に入らないからそれで妥協します。

ごはんを炊いてもらって、マグロとアボカドの切り身を抱き合わせ、ワサビたっぷりにしてごはんと一緒に海苔に巻いていただきます。アボカドの熟《う》れ具合にもよるけれど、この三種合体は濃厚味の鉄火巻きとなり、ヒトには教えたくないくらいのうますぎ味になった。むかしと違って量はそんなに食えないからマグロは十二、三センチぐらいの切り身で十分です。刺し身に切ると自分で巻く鉄火巻きが十個以上できるから、それ以上の肴はもういらない。

酒は日本酒です。いつも地酒系の四合瓶を用意しています。

これがぼくの自宅における秘密の一人酒です。そうそう、オシンコもぬかりなく用意しとります。ゆっくり食って飲んで二時間は楽しんでおりますなあ。

わしらの屋上宴会

月に二～三度、親しい親父仲間連中と新宿の居酒屋で飲んでいる。三人のときもあれば十人超すこともある。年齢は三十代から七十代。職業もいろいろだ。

会社の宴会となるとどうしても上司に気をつかったりして面倒だが、我々にはそういう縦関係の知り合いは少ないのでまあ「パーフェクトぶれいこう」ということになる。

十人以上になるとやかましくなるので、最近はその近くにある友人の経営するビルの屋上に行って誰にはばかることもないへベレケ宴会にいつでも突入できるようにした。

食い物は、最初の頃は居酒屋のメニューから適当に箱詰めにしてもらったが、これは残飯処理のあと器を洗って店に戻す、という後始末が酔った心身ではちと面倒だ。

そこで誰かが歩いて十分もしないところにあるデパ地下の食品売り場の見切り品をよりどり買ってくる、ということを思いついた。

それならば器洗いもいらないし器を店に戻す、という手間はいらない。

これはビッグヒットのアイデアだった。一流デパートのお惣菜である。しかも出店しているのは有名ブランド店ばかり。お弁当なんていったら千円でこんなに高級で品数豊富なのを食っていいんですか、としばし箸を持つ手がフルエルくらいだった。コンビニ弁当など違って作るのに手間暇(そして味の責任)が必要なものばかりだからダイコンやコンニャクやニンジン、里芋の煮つけなどもうたまりません。安易なお店の弁当のおかずは手間暇のかからない揚げ物にすぐ走ってしまうが、一流デパートに置かれているものはそこのところが圧倒的に違う。

しかも今まで地下の売り場で「このままではワタシ今日は売れ残りかしら…」と不安に胸を抱えていたのが今は新宿を眼下に見下ろす屋上の天女羽衣待遇である。

わしらの酒も一段と進むというものだ。冬は屋上にコンロを持ってくるつもりだ。

北風に似合う焼酎の梅干し割り

ぼくにはいわゆる「個人ブーム」みたいなものがあり、とりつかれるとそればっかりになる。三日に上げず居酒屋にかよっているけれど、個人ブームは飲み屋で会う友人などにうつす傾向があり、やや迷惑らしいんですなあ。

今年に入ってからは「焼酎の梅干し割り」にとりつかれてしまった。コップに梅干しを一ケ入れて焼酎にお湯を注いでワリバシでかき回す。おかわりするときに梅干しも新規にするかつけ足していくか、けっこう迷いますなあ。杯を重ね、梅干しがいいかげんグズグズにほどけてくると味もほどけてなごんでなかなかいい。溶けて種だけになったのを数えると焼酎のおかわりが何杯になっているかわかります。五個、六個とたまってくると、では十個までためてみるか、という貯蓄の精神が生まれてきます。「十個たまったら突き出し一ケサービス」なんて張り紙があったりするとおとっつあんとしてはがぜんヤルキになりますなあ。

梅干しの悩みは、お湯割り梅干しがほどけてくると見た感じがなんだかキタナラシクなることでしょうかねえ。

そのためか銀座のクラブなんかではあまり見ないようです。頼めば用意してくれるようですがマッカランのダイヤカットグラスに梅干しの種六個たまりました、なんて究極の和魂洋才《わこんようさい》でしょうか。ワリバシのかわりにマドラーでしょうか。やっぱり似合わないようですなあ。

自動販売機に焼酎の梅干し割りアツ缶、なんていうのが出てきてもよさそうなんですが。

こういうのをそこらの横丁で北風に吹かれて二〜三本グビグビ、なんてけっこうハードボイルドなんじゃないでしょうかねえ。

新宿三丁目がすごいぞ

新宿三丁目あたりの居酒屋でよく飲んでいる。ここには狭い一角にサケを飲ませる店が百店ほども集結してきていて夜毎すごい賑わいだ。四十年ほどかよっているけれど今が最高の賑わいだなあ、と思った。

むかしからあちこちにあった居酒屋横丁とはちょっと違っており、新しい形式の大きな店が増えてきている。このところ流行っているのがテーブルを路上まで広げてきた野外の席が賑わっている。外国の「のんべえ横丁」という感じで、このオープンデッキで飲むと断然開放的な気分となりますな。都会では珍しいドブのにおいなんか流れてきて。

最近は外国人観光客が大量に流れ込んできている。彼らには多くの人がそこで飲んで食べているものを隣近所の実物で確かめられるから都合がいいらしい。おまけに日本は圧倒的に治安がいいから、こういうオープンデッキの店で飲むときに荷物をひょいと持っていかれる心配がほとんどない。これはすばらしいことだ。

まるみえだから客が食っているものを指さして「アレ、ほしい」と言えばまあたいていすぐに出てくる。面倒な交渉はいらない。

円安も加わって、彼らのあいだでは「居酒屋で飲んでめし食ってコーヒー飲んで」というコースになっているらしい。

こういうガイジンに対する店側からの苦情は、その安い料金でいつまでもねばられること。さらに彼らは本質的にケチでいったん腰を落ちつけるといつまでも滞留していて回転率が悪い。暑い季節になって目につくからなのか、このところ三丁目で見る外国人の多くは男女ともやたらに太った人が多く、まあ簡単に言えば場所をとる。声がでかい。これらの特徴をヒトコトで言うと、今後が若干心配。まだ流しのギター弾きや街角芸人のような人がいないけれど、そういうことになっていったらいっぺんにバクハツ的な騒ぎになりそうだ。

野球はビール、相撲は日本酒か?

あくどく続く猛暑の中、これはもう飲むしかない、といって毎日飲んでいた。でもたまにしのぎやすい日があったりすると、これは貴重な日だ!などと言ってカンパイしていた。自宅で原稿仕事を終えた自分には「おつかれさま」のビールだ。何かしら理屈をつけて結局毎日飲んでいたのだった。

テレビをつけると元気な人々がスタジアムにぎっしり。ビールをあおる姿が汗だらけでいいなあ。

野球にはビールが一番似合うようだ。ビールは炭酸のはじけるイキオイで即座に酔いがくるような気がする。喉のあたりを通過していくときに炭酸が「ツユハライ」としてまもなく本命のビールがやってきますよオ、などとお知らせしていくのだ。

全身の細胞が「待ってましたア」などと言って歓迎のザワザワ。そのあたりの歓迎細胞が何個あるのかわからないけれどビールを待ちつつじゃんじゃん増殖しているような気がする。

ビールの中のヨロコビ細胞が「さあ、効きまっせえー」などと言って期待感をあおっているのだ。

その頃、相撲中継では優勝にからむ微妙な取り組みが続いていた。客席を注意して見ていても野球みたいに飲み食いしつつ大声で応援している客はあまりいない。

むかし、時々国技館に行ったときは茶屋でいろんな酒を手に入れ、相撲を見ながらは日本酒が合うんだなあ、などと思っていたもんだが、今の国技館ではそういう風景をあまり見ない。コロナ防備のマスクをしてるから全体に自粛しているのだろうか。

満席状態になっても野球みたいに大勢で声を合わせて応援し、太鼓やラッパがけたたましい、という状態にはならない。酔った親父がひときわでっかい声で何か叫ぶ、というコトもまずないのは相撲ファンがひときわお上品というコトなんだろうか。

酒場ルポと飲む

テレビの居酒屋探訪ものがいろいろ増えてきた。東京と関西ではずいぶん違うんだろうけれど、とりあえず関東篇。本場のコテコテ関西ふう居酒屋ものもいつか見たいのだが。

酒飲み行脚《あんぎゃ》は基本的に大人の世界であるから「酒飲み」としては入り込みやすい。見ているだけでは実際にうまさも酔いも味わえるわけではないけれど、経験値によって映像の中で飲み歩きしていてしかも酔える、というのが一番楽しい。キャラクターによってそんなバーチャルのキキメもずいぶん違ってくるんじゃないかなあ。

「吉田類《るい》の酒場放浪記」毎回完全にパターン化しちゃっているけれどそれがいい。あれを見ているとキャラクター本人が無邪気なまでにお酒好き、というのがよくわかり、暖簾《のれん》をくぐってからのイキイキ度合いが楽しい。

「今日もよかったですね」と、つい一緒になってよろこんでしまう。

吉田さんの酒紹介は体全体で表現して下手なウンチクが入らないので安心して見ていられる。よくそば食いの権威（！）などが何かカン違いしてそばに「人生」を重ねて説いたりするのがあるけれど迷惑ですな。

居酒屋は世界でも稀な日本独特の文化を築いたすぐれた酒飲み歓談装置で、酔うほどに気分もココロもゆったりしてくるから、いつかここから世界の歴史を動かすナニカがバクハツするかもしれない。それがナンだかはわからないのだけれど。

「太田和彦の居酒屋ふらり旅　新・居酒屋百選」。彼はだいぶ前からの知り合いでよく一緒に飲んでいたからこの番組を見ていると安心し、彼のいる酒場に迷い込んだような気分になる。行く店がちょっと高級すぎて居酒屋感？が薄れてくるとちと心配ですな。御勘定がね。

「離島酒場」の松尾貴史さんはいい文章を書いている。三人ともモノを書いている、ということで共通しているのはやはり表現力だろうか。とくにこの「離島」の酒場は島の人々の灯台のようなものだからキャラクターの人間味がモノをいってますな。

大酒飲み大会の実況

テレビの大食い番組をけっこう真剣に見ている。ヒトはどこまで食えるものなのか、という単純な好奇心だ。あれは男性よりも女性のほうが活躍しているイメージがある。

熱々のラーメンの連続二十八杯食い、なんていうのをまのあたりにすると、トップをはりあう場面では命がけの気配まで見せているが、終わるとみんなケロリとしてもっと食べたそうなことを言っている。本人の意志なのかリップサービスなのかわからないが、これが酒飲み大会だったら「もっと飲ませろ」は本音ということになるような気がする。

酒の酔いは本人の意志とはどんどん別のところで発展していきそうだから食うよりもノムことのリスクは医学的に断然大きいような気がする。

酔うと気が大きくなるものだから「飲みすぎ」のドクターストップがひときわ重要

になりそうだが、酔っぱらってくると医者の言うことなどどんどん聞かなくなる可能性がある。そのへんの問答が聞こえてくるようだ。

「まだぜーんぜん酔ってなんていませんよぉー」としどろもどろの口調でふらつきながら言っている親父なんかはすぐ頭に思い浮かぶ。

往々《おうおう》にして普段キチンとしたヒトが豹変《ひょうへん》するものだから、観戦者にはそのあたりのありさまが面白いだろう。

放送席にはドクターと一緒に解説者という人がいるはずだ。

「ああ。今ゼッケン三番の紳士がぐらついてきましたな。この人は酔うと小言を言いだすのでまわりの人に評判が悪いですね」

「六番の親父は女好きでしてねえ、ああして便所に行くふりをしてさっきから目をつけていたきれいな女のそばにずんずん接近していくんですよお」

「あ、でも今、説教上戸《じょうご》の親父に引っ掛かりましたよ。これは見ものです」なんていうふうなドラマがいろいろ見られそうだ。

お約束の「お迎え」ずずる感

こういうページはサケ好きのサケ飲みが読んでくれているのだろうからおいしくて楽しい話だけ書いていきたいが、暑い季節を前にちょっと気配を変えて「サケを飲む」に関する苦言というか注文つーか、あっ、でも今よく考えたら「暑い季節」というコトはあまり関係がなかった。まあ言ってみれば暑苦しいというかなんつーか。

日本酒のコップ酒を一升瓶から注いだあとに「お迎え」というコトバというか儀式つーかなんつーか。ま、そういうものがありますよね。お店の人が一升瓶から酒を注ぐときにコップのフチを越えて下の受け皿、あるいは一合枡《ます》までトクトクと溢《あふ》れさせて注ぐやつ。店のフトッパラなところを見せる大事な儀式ですね。

そのときに客は「お迎え」に出る。ぞんざいに対応してサケをこぼしてはいかん、というので飲むほうは立ち上がり、上半身を傾けて首を伸ばし、口をすぼめ、象の鼻つーか、長い筒口つーか。まあ口をそういうふうにしてぐういいんとコップまで伸ばし、ずずずっと啜《すす》る。

その様子をテレビの居酒屋ものなどは必ず撮る。色っぽいきれいな女性がやるんだったら見ていてなかなかいいあんばいなのだろうが、そこらの親父がやってくれるのはなんだか美しくないなあ。とくに横側から撮っていくのはよくないんだなあ。親父が薄髭《うすひげ》なんかが見える口を「にょいいいいん」と伸ばしてスズルんである。

今の映像はキメこまく微細に撮影してしまうから、せっかくの美麗なる清酒が親父の「にょいいーん」と伸びた口唇に「ずずずっ」とずずられていくのを撮るのである。あっ、コトバ乱れましたね。業界のヒトが言う「しずる感」もヘチマもない。強いて言えば「ズズル感」だけである。美しくないつウーか。なんつうか。

おいしいものはきれいにいただきましょうね。

5

人生いろいろ、酒もいろいろ

酒は根性でいくらでも造れる

世界のお酒はだいたいその国の主力農業の生産物が原料になっている。日本は「米」だから、それを発酵させて日本酒を造った。タイ米を蒸溜したのが「泡盛」で製法上「日本酒」よりひと手間多い「泡盛」のほうが格が上だ。

フランスは「ぶどう」の国だから当然「ワイン」を造った。こいつは踏みつぶして放置しておくだけで発酵菌をつかまえ勝手にワインになっていく、という素直なサケだ。醸造酒だとアルコール度が低いのでとことん酔いたい奴はそれを蒸溜して「ブランデー」にした。

麦はいろんな国でビールになったが、スコットランド人はそれを蒸溜して「ウイスキー」にした。だいたいその国の名産品はまず醸造酒になり、続いて蒸溜酒になる。

ところがラムとテキーラは醸造酒を通り越して「蒸溜酒」にしかならなかった。製法を考えてどちらも途中で「醸造酒」的なものができて、アルコール度も十分あったのだろうが、流行らなかったのはたぶん「まずかった」のだろう、とぼくはニランでいる。

つくづく感心したのはモンゴルだった。日本の四倍の面積のあるあの国は本当に草原ばかりで、農業というものがない。サケの原料となる穀類がない。草はたくさんあるが牛や羊はよろこぶものの、人間がいくら何をどうしようと発酵しない。そこで彼らはいっぱいいる動物に目をつけた。馬の乳である。六月前後は子馬の生まれる季節だが、このとき母馬は子馬のために一番いい乳を出す。人間はそれを横取りして羊一頭の口、目、鼻の穴、肛門などのすべての穴をふさぎ羊袋というものを作ってそこに馬の乳を入れて毎日かき回して酒を造る。発酵菌は毎年それに使っている羊袋にこびりついているのを使う。

かくて七月頃にはそれぞれ微妙に味も濃度も違う自家製「馬乳酒」ができる。アルコール度は一〜二パーセント。彼らはそれを蒸溜してシミンアルヒという八パーセントの「蒸溜酒」を造る。なんとかして酒を飲みたい男の根性だ。

突然ながら、好きな酒ベスト5

突然だけれど、ぼくの好きな酒のランキングを考えてみたい。酒は慣れと経験の積み重ねだから年齢、年代ごとにその嗜好は大きく変わっていく。とりあえずこれは、そろそろ紛れもない老人と言われる年になった今現在の、自分で言うのもなんだけれど、わが好きな酒、黄金のベスト5ということになる。

ここにもさんざん書いてきたように、第一位はやっぱり圧倒的にビールである。世界中にあるおびただしい銘柄のビールをすべて飲んだわけではないが、よほどのビール後進国でない限り、まずは安心して注文し満足できる、というところがこいつのエラサだ。好きなものだから、勢いたくさん飲んでしまうが、酔ってもヨッパラウということはまずない。酒は割合強いほうだから、それは人生通して言えることだ。

第二位は、ぐっとグレードアップしてシングルモルトウイスキーだろうか。それに追随して、第三位のバーボンウイスキーも進んで好んで安心して飲める。バーボンのほうがアルミカップか何かに入れて野外のキャンプなどで飲むのにふさわしく、ストレートがとくに一番うまかったりするのがウイスキーとしてはエライと思う。

四番目は、ここにきて人生的に好きな酒ランキングをにわかに乱し始めた。数年前からたいへん好きではあったのだが、今年に入ってにごり酒（もちろん最高は清澄どぶろくである）だ。どぶろく特区第一号のときに東北で飲んで、本物のどぶろくのうまさにはまったく恐れ入った。それ以来、機会があれば躊躇《ちゅうちょ》なくいただくことにしている。これまでは主に雪の中で飲んでいることが多かったが、今年、ある催しがあって都内のホテルで現地から運ばれてきたどぶろくを好きなだけ飲めるという状況になった。七合ぐらい飲んだ記憶があるが、翌日、二日酔いの兆しもまったくなかった。

第五位はラム酒である。これも飲む場所によって味は大きく変わるが、小笠原諸島で蒸溜しているラム酒の生パッションン割りが秀逸ですな。

わが浮気の酒遍歴

よく妻や友達などから言われるのだが、ぼくが自分でも知らず知らずのうちに持っているいくつかの癖の中で、絶対的圧倒的に「それです！」と確信的に言われるのは、自分の中でいつの間にかブームのようなものが起きていることだ。これは好きなジャンルの本とか、あるいは自分が書いている本などにも顕著に言えることだ。趣味も同じで、若い頃から考えると、水泳に凝っていた十年間、映画製作に凝っていた十年間、草野球みたいなものに凝っていた十年間、魚釣りに凝っている十年間というように、地層を横から見るように、わが好みの性癖の地層がよく見えるのだ。

もちろんそれらは重層しているから、映画のオーバーラップのようにじわじわと移り変わっていくのだが、妻や友人からは、そういう激しい好みの変遷にまわりの大勢の人を巻き込むのがあなたの正体なのよ、などと鋭く指摘される。

いろんな人を巻き込んで迷惑をかけないものについて考えていたら、酒がそうだということに気がついた。ハイティーンの頃から飲みだしている酒はいまだに続いているが、好みはいろいろ細かく変わってきたように思う。最初は順当にビールであった。アルコール度数が低いし、若い頃は運動量も激しいから、これほどうまいものはないと思っていた。やがて学生仲間と日本酒を競うようにして飲むようになったが、一升酒の飲み比べで敗れてから、日本酒には警戒的になった。

続いて沖縄によく行っていた関係からか、泡盛に凝るようになり、酒の深さというものをつくづく知ったものだ。外国旅行にたび重ねて行くようになると、ワインというすばらしいものに出会って、もっぱらそればかりとなり、やがてウイスキーをストレートで飲むなどという年甲斐もなく乱暴な飲み方に変わっていった。

いきなりハイボールなのだ

ぼくのことを知る人からは、酒というと、すぐにビールを連想し、それ以外のものを飲んでいたりすると、あれ、ビールじゃないんですか、などと言われることがよくある。ビールは生涯通じて飲めるときには飲んでいこうと思っているが、歳をとってくると延々とビールを飲んでいるのもちょっと苦痛になってくる。お腹がいっぱいになってしまうことと、幸せなことに腎臓機能がよいらしく、かなり頻繁にトイレに行って、今飲んだ分量ぐらいを放出してくる。これがどうも酔ってくると面倒になり、ビールはまず最初に、それからもうちょっとアルコール度数の強いものに移行するようになってきた。

むかしから、酒であれば何でもいただきます、という貧乏根性だったから、それは当然のなりゆきなのである。ただビールの後に何を飲むかには、ぼくは自分でもあきれるくらい偏執的な習性があり、何かひとつのうまい組み合わせが見つかると、しばらくそれを続けていくということを繰り返してきた。

若い頃は、そのあとは何でもよかったのだが、そのうちにワインに変わっていった。自宅で飲んでいるときは缶ビール四、五本にワインを半本分ぐらいというのが一夜の組み立てで、それを繰り返しているから、やはりバカ飲みそのものなのだろう。

ひょんなことで缶入りハイボールの気楽さに目覚めてしまい、その組み合わせをずっと続けるようになってきた。缶ビールはアルコール度数五、六パーセントぐらいだが、ハイボールは七〜九パーセント程度でワインよりは低い。しかし飲む量は圧倒的にハイボールのほうが多いから、体の中に放出したい水分がそれだけたまり、ビールがぶ飲みの状態とまた同じになってしまっている。

そこで釣りなど野外で飲むときは荷物がかさむので、ビールははずして、いきなり缶のハイボール、という自分でも信じられないような変化を遂げている。まあいずれにしても過渡期の変事なのだろうけれど。

ガクンと膝にくる酒

延々と酒飲み話をしていることからおわかりのように、相当な酒飲みだ。今年もそろそろ一年の三分の一を残す程度になってしまったが、このあいだじっくり考えてみたら、一月元旦から本日ただ今まで、毎日何かしらの酒を飲んでいる――ということに思い至った。

これは一年間のスケジュールノートを見るとわかることで、昨年などは二、三日飲まない日を金メダルのように印をつけていたけれど、今年はそのような輝かしい金メダル的マークがひとつもないのだ。つまり毎日飲んでいるというオロカな記録である。

若い頃と比べるとさすがに酒量はだいぶ落ちてきた。でも友人らと会ったり、何かの明るく楽しい催し物などがあると、むかし飲んだのとさして変わらない量を飲んでいる自分に、ややガクゼンとする。

少ないときで缶ビール四本ぐらいだろうか。多いときを書くのは恥ずかしいので、まあこれは無意味なヒミツだ。

いろいろな本を読んだり、友人から聞いた話では、ビールでもウイスキーでも酒を一口飲んでまずいと感じたら、肝臓がもうだめだ、とのんべえのバカ頭に伝えているということだから、生きていたかったらとっとと病院へ行けばいいという。

ところが、最近ぼくはその反対に、それを飲めば絶対にうまいと確信をもって手にする、歴史的には相当にむかしからの酒をあらためて知ってしまった。それはドブロクである。冬はストーブやこたつのあたたかいところで飲むのに最適だし、夏は邪道ながら、氷を入れてドブロクロック（へんなゴロだな）にして飲むと果てしない。

しかしそのうまさが実は危険で、ぼくはこの酒を他の同じような度数の酒のように飲んでいると、突然ガクンと体が折れるように暴力的な酔いに沈むようになってしまった。たぶんうまいからといって飲みすぎているという単純なことなのだろうが、危険な兆候でもある。

カクテルがよくわからない

まだ一度もカクテルについて書いたことはないような気がする。それは単純な理由で、ぼく自身があまりカクテル全般について知識がないことと、カクテルを気軽に飲めるような、要するにちゃんとした紳士風な出で立ちで飲めるバーにほとんど出入りしないからだ。でもこれまでの長い人生、思い出せば、何かのモノのはずみでホテルのバーなどで何種類かのカクテルを飲んだ記憶がある。

一番鮮明なのは、むかし、赤坂にあったサントリー本社の地下にある会員制のクラブだ。そこでそのむかし、開高健《たけし》さんがよく座っていたというスツール（背もたれや肘《ひじ》掛けのない椅子）でドライマティーニを飲んだときに、ああ、これは外国の味だなあ、とそのうまさに感動しながら、続けて数杯おかわりをしてしまったことがある。

後で知ったが、ああいうものはうまいからといって何杯も続けて飲むものではなく、ドライマティーニでだいたいそのバーテンダーの力量がわかるから、さらに奥深い各種カクテルに進んでいくものだという。ところがその当人が奥深いものにどんなものがあるのか知らないのだから、これは仕方がない。

だいたい、日本人は「混ぜて飲む」ということにあまり歴史を持たないし、不得手であるように思う。それは日本の酒の歴史の根幹を成すものが清酒（日本酒）であるからのような気がする。いい酒になればなるほど混ぜ物を嫌う。むしろそれを飲む容器であるとか、口当たりのいい温度などを重視するわけだから、カクテルベースの酒とは相反するわけだ。

話は変わるが、小笠原諸島に時々行く。母島《ははじま》に行くと、サトウキビがたくさん生えていて、第三セクターでラム酒を造っている。同時に、ほぼ通年、パッションフルーツが実っている。この果実の上に穴をあけ、ラム酒を少々入れてかき回し、ごくりと一口飲むのも、それなりに極上のカクテルのような気がする。

懐かしのピスコ

ピスコはブドウの皮を発酵させ蒸留したカストリブランデーだと覚えているが正確には違うのかもしれない。生成過程を考えると大衆酒のはずだ。でもこれが驚くべきうまさで、しかも「こぶり」のグラスに入れてくれたそのお姿がたいへん美しく、そのわりには思いがけなく安かったのでずいぶん飲んでしまった。

あれはいったいどこでのことだったろうか。ときおり考えるのだが正確には思い出せない。外国に行ったときとか日本の高級ホテルなんかに行ったとき注文するとたいてい出てくるのだが、なかなか最初に出会ったときの感動とは違っていて、もしかするとピスコではなかったのかもしれない。

同じサケでもそのときの雰囲気や場の空気、まわりの状態とか飲み相手とかぼく自身の体調などで酒の味は微妙に違ってくる、ということがあるのはよくわかっている。

同じピスコでもメーカーが違っているとまた微妙に変化しているのだろうし。そんなふうに考えるとサケもまた一期一会であるのかもしれない。なかなかやっかいなやつなのだろう。

ぼくの柄ではないのだろうが、気分のいいバーで上手に入れてもらったドライマティーニも一度真剣に味わってみたいと思っている。これならそこらのバーでも体験できるのだろうけれど、いざそう思ってもなかなかできないのはホテルのバーのカウンターなんかに行って「ドライマティーニを」と注文したあとどういうタイドでいていいか、そのあとの姿勢や対応精神がよく思い浮かばないのだ。

タバコでも吸う日々だったら思いきってシガーなどやってみるか、と思ったりするのだが、考えただけで吹き出してしまいますな。気にしすぎだろうか。

友人と一緒に、というのが一番気楽な気もするが、それだとドライマティーニを真剣に味わう、という基本路線が微妙にあやうい。やっぱりガラではないということなんでしょうね。

スペイリバーの原液の水割りウイスキー

スコットランドのハイランド地方にスペイ川が流れている。この川の流域にはシングルモルトウイスキーの『ザ・マッカラン』や『グレンフィディック』などの蒸溜所がある。

ぼくはマッカランを訪ねてダウザーに会ったことがある。水脈探し人だ。日本にもむかし江戸の頃から井戸掘りの前に豊富ないい水を探す和製ダウザーがいたそうだ。二本の木の枝を左右の手に持って、その枝同士が地下水脈に反応して水脈を探し当てたという。

現代のダウザーが使っている地中の水脈探知道具は、長さ二十センチぐらいで真ん中に穴があいているバトンのような筒にL字型のサカサにしたような太いハリガネを入れ、両手に持って「ここが」というところの探知をする。両手の筒の中の逆L字型のハリガネは左右で同期反応し水脈を見つけると両方のハリガネが回って「ここぞ」という地点を左右から示す。その下が水脈だ。

話を聞いているとマユツバものに聞こえるが、ダウザーはぼくの前で実際にその一通りをやって見せてくれた。マッカランにちゃんと雇われている素朴な老人で、ペテンなどではないことがわかる。

ウイスキーを国の重要な産業にしている国だから、その原料である水を非常に大切にする。取水源であるスペイ川はピート層(簡単に言うと草の化石)を通ってくるので薄コーヒー色をしているが、飲めばおいしい。

日本のように上流にダムを作ったり無意味に護岸工事をして川を汚さない。川から五百メートル離れていないと畑を作ってはいけない(農薬などが流れ込まないため)。ゴミなど捨てるバカモノもいない。このあたりに住んでいる人は、みんなこのウイスキーの原料になるスペイ川を愛しているのだな、ということがよくわかってうらやましい。

川下に行くとトラウト釣りの人が川の水をカップにくんで『ザ・マッカラン』など入れて飲んでいる。マザーウォーターでウイスキーを割る、本当の正しい水割りなんだという。

海のウイスキー『ボウモア』の深い陶酔

スコッチの本場はやはりスコットランドだが、その中でもシングルモルトのピュアな香り、味、酔いごこち、そして何よりも北の厳しい風土にさらされて飲む感触がすばらしい。『ザ・マッカラン』の蒸溜所があるハイランド地方のシングルモルトとはまた少し味も風合いも異なるのが、海峡を隔てた先にあるヘブリディーズ諸島のアイラ島で造られているシングルモルトである。この島は太古、いったん海に島ごとそっくり沈んでしまったと言われている。そしてまた隆起して今の島になったわけだが、それはつまりこの島全体がかなりの年数、海のエキスを土壌にたっぷり吸い込んだ――ということになる。

ウイスキーのラベルでは珍しいカモメの絵が描かれている『ボウモア』の蒸溜所も貯蔵庫も海べりぎりぎりに作られており、蒸溜所の人に聞くと、海が荒れているときなどはウイスキーの貯蔵庫にまで海風と一緒に大量のしぶきが吹きつけてくるという。だからこれはまさしく海のウイスキーなのだ。

『ボウモア』を飲んだ人はわかると思うが、シングルモルトの中でもとびきり特異な味がする。ある人はヨードチンキのようだ、などととんでもないことを言うが、たぶんこれは海藻などに大量に含まれているヨードの残滓《ざんし》がそういうものになって表れているのだろうと勝手に推察した。そう考えてみると、これはシングルモルトの中でももっとも滋養に富んだウイスキーではないかとぼくはきわめて好意的に解釈した。

このウイスキーの味がぼくはたいへん好きだ。ストレートで飲むのが一番いい。

面白いのは、その時期、カキがたくさんとれていた。レストランに行くと生ガキがほぼメインディッシュだ。島の人はこの生ガキに『ボウモア』をソースがわりにどばどばかける。これが信じがたいほどうまい。だから食後はみんな酔っぱらっていて全員酒酔い運転になってしまうが、昼食に来た警官も同じだから酒酔い取り締まりなどという野暮なことはしない。

極低温のウオトカにトマト丸かじり

極寒のシベリアのタイガ（針葉樹林帯）、マイナス四十〜五十度ぐらいのところでロシア人らと焚き火を起こし、ウオトカを飲んだ。マイナス五十度の焚き火はヘンテコだった。あたりに生えているシベリアマツの生木を燃やすのだが、木も全体が凍っているから三、四センチの太さの枝も膝と両手で簡単に折ってしまうことができる。怪力男になったようで気持ちいいのだ。

ところでシベリアの焚き火はあまり面白くない。暖かくないのだ。これは焚き火の炎がかざした手に暖かみとして伝わってくる間に、壮絶なマイナス気温がぬくみをカットしてしまうからのようだ。

シベリアの男たちにはウオトカが欠かせない。まわりの雪の塊の中にウオトカの瓶を突き刺してさらに冷やす。そこまで冷やしても決して凍結することがなく、冷えれば冷えるほど全体が水あめのようにとろーりとした状態になり、これを陶製の器で飲む。決して金属の混じった合金製の器で飲んではいけない。くちびると器がぴったり癒着し、とれなくなってしまうのだ。シベリアではこれを「鉄が肉に嚙みつく」という。無理やりとろうとすると鉄より弱い人間の肉をはがすしかないから、酔うのも命がけだ。

さて、とろーりとした水あめウオトカは味わって飲むようなものではなく、簡単に言えば口の中、喉の奥へとろーりと流し込むようなあんばいになる。とことん冷えた液体だが、ここまで極低温になると強いアルコールは人間の味方になり、ゆっくり胃の中で発熱材料となっていく。

シベリアでは極寒の野外で水を飲んではいけないという。一気に水を飲んだりすると、そのまま死んでしまうこともあるという。

全体がゆるーい水あめのような状態になったのを小さなカップにとろーりと注ぎ、それをガバーッと一口で飲む。こんなことしてわがイブクロらは大丈夫だろうか！と一瞬わけのわからない不安に襲われるが、ウオトカは体内もそうやってゆっくり流れていくらしい。しかしやはりそのままにしておいてはイカンようで、一口で飲んだあとにトマトをかじる。トマトはモロッコから輸入しているらしい。

このトマトひとかじりとウオトカをカパーッと一口、の組み合わせがヨロシイみたいで、十五分ぐらい続けると「酔い」の最初のヒトカタマリが食道から喉をかけのぼり、脳髄をケトバシにくる。

なるほどトマトが、貪欲で荒々しいウオトカの単独暴れ狂いをうまく宥《なだ》めているのがよくわかってくる。

で、さらにこのウオトカ↓トマト↓ウオトカの連続攻撃となる。

一時間もすると酔いは全身をかけまわり、ぐらぐらしてくる。とくに腰にくるようだった。あっちこっちでバカ飲みしてきたぼくはそれでもかまわずさらに飲んでいったらやがてまともに立てなくなってしまった。生まれて初めての本格的な酔いを体験した。

日本でこのトロトロウオトカを飲みたくて瓶ごと冷蔵庫に三日冷蔵したが、ついにトロトロにはならなかった。

ウオトカ・クミス

ウクライナ戦争の現地映像などを見るたびに、むかしヤクート自治共和国を旅していた頃を思い出す。ヤクート（今のサハ）はロシアの南東側に広がる広大な平野（荒れ地）である。白夜の旅で町と町を移動するクルマの窓から地平線ばかり見ていた。

冬はマイナス四十度にも下がり、夏は氷が解けて全面的に蚊だらけの大地になる。

白夜というのは旅する者にはつくづく退屈なもので、動いているものをめったに見ない。野性の動物さえ見ないのだ。そんなところを馬、もしくはトナカイなどと一緒に移動しているのはたいてい農家の人で、こちらからすると千載一遇《せんざいいちぐう》のチャンスだった。双方で何か見せての物々交換ができる。

相手が農家の場合はうまくすると収穫物などがある。あるとき、ブリヤート人らしい素朴な顔の農家の人に手製の酒を見せられた。一口「試し飲み」させてもらったがよくわからないものだった。道案内を頼んだロシア人が少し飲み「これはクミスにウオトカを混ぜたものだ」とあっさり言いあてた。

クミスは夏になるとロシア中で飲まれている生活飲料で、それだけを飲むとビールからすべての気をぬいた間抜けな色つき水みたいなやつだった。

全般的に水の質が悪いロシアでは夏になるとほぼ全員がこれを飲んでいる。クミスそのものはアルコールはゼロで、ビール好きにはとんでもないまがいもの、と思えたが大麦からできているので栄養はあるようだった。

ブリヤート人はそれにアルコール濃度五十度なんていうウオトカを混ぜ、仕事をすませて家に帰るときにグイグイ飲んでいたらしい。汚れた瓶に入ったそれを受け取り、こちらからは紙巻きタバコと嗅ぎタバコをあげた。農民は満足しているようだった。

そこからクルマでさらに一日南下したが、さして魅力的とも思えなかったウオトカ・クミスは着くまでに結局全部飲んでしまった。

ジャガイモ酒を発見！

アイスランドに着くまで、この国は一九八九年までビール禁酒令があって、造っていないし輸入も禁じられていた、なんてコトまったく知らなかった。つい最近までビールが飲めなかったってことじゃないか。外国へ行くとき事前にあまりその国のことを調べない、というやり方で来たが、今回はあぶないところだった。以前立て続けに北極圏に行ったときはまったく飲めない、ということを事前に知っていたが、白夜の長い夜にビール一杯飲めない日々は本当に辛かった。

アイスランドのような、何でもありそうな国でビールが禁止されたのは、昼間から酔っぱらい運転などが多くなって社会問題になったからだ、と聞いた。白夜も辛いが、冬の極夜は北欧などに「冬季鬱《うつ》」が蔓延《まんえん》するという話は聞いていたから、サケがあるかないかは両刃の剣となるのだろう。

一時期アルコール分二パーセントのビールが許されたという。人気が出なかったらしい。ビールが禁止されてもウイスキーやウオトカなどの強いサケは飲めるからどこか矛盾しているのだ。

で、この北極圏近くの国のビールは空気が乾燥しているからか、どれもすこぶるうまかった。北欧からの輸入ビールだが『バイキング』という銘柄の生ビールがとくにいい。

これに合う肴はいっぱいあり、極品は「タラ」。日本で食っているタラチリはおもちゃのタラ料理だ。それにスモークサーモンは良質の脂が乗っていてほとんど北大西洋のトロだ。その切り身の厚さが二〜三センチはある。行った当初、ぼくはその組み合わせばかりだった。タラの切り身は厚み五センチぐらいあって柔らかいけれど簡単には噛みきれない、というくらいで絶品。羊肉は最高だし、毎日の夜のメシが待ちどおしかったよ。

思わぬ発見は、この国ではジャガイモの蒸溜酒を造っていること。『ブレニヴィン』（アクアビット）で強烈な個性だ。

溶岩台地で極寒の厳しい土壌を必死で開拓して、ジャガイモだけは育成することができるのだ。ジャガイモ酒はもちろんいったん煮崩して、順番で言えば醸造酒の状態にし、それを蒸留酒にまでしちゃったのだ。しちゃった、と書いたが、まさしくそんな感じで、やればできるという世界中変わらないのんべぇの執念を感じた。拍手ものだが、味は「どうも…」だった。

そろそろグラッパを

好きなサケのひとつにグラッパがある。十数年前、どこかの国のバーで一緒に飲んでいたアイルランド人のガイドに教えてもらった。小さなグラスに入った透明な、いかにもアルコール分の高そうなサケで、もうかなり酔っていたし、やや警戒して飲んだのだが、これが想像をはるかに上回ってうまかった。いったいこれは何ですか、と聞いた記憶がある。そのとき彼が答えたのは、労働者のブランデーですよ、というものだった。

その後、折があるたびにバーでグラッパを注文するようになったが、これがめったにないのだ。カウンターの後ろにずらっとものすごい種類の酒瓶が並んでいるのになぜないのだろうと不思議に思ったのだが、いろいろ聞いてみるとこれはイタリアの酒で、ブランデーではあるが、ワインに使ったブドウの皮を原料にして蒸溜した「カストリブランデー」であるということを初めて知った。カストリの「カス」は搾りかすであるから、アイルランド人が貧乏人のブランデーと言った意味がそこで初めてわかった。

しかもそれほど国際的に知られている酒ではないから、日本で飲むとしたらイタリアンレストランがもっとも可能性大だけれど、いいかげんなイタリアンレストランにはこれは置いていない。どうしてなのだろうかと不思議に思う。グラッパはワインよりもブランデーよりもブドウの匂いや味が鋭いように思う。ビールやワインをかなり飲んで、あともう少し酔い足りないようなときに、このグラッパがカウンターに出てくるのは至福の瞬間である。そしてぼくはどういうわけか、これを頼むとコーヒーが飲みたくなる。それもできるだけざらざらした粗っぽいコーヒーがよく合うように思うのだ。

その後知ったことだが、本場のイタリアではコーヒーを飲んだあと、砂糖の濃度が濃い底にこのグラッパを注いで飲むのが一般的であるという。知らず知らずのうちにやや本格的な飲み方をしていたのである。

カバランにびっくり

先日台湾のシングルモルトウイスキー、カバランというのを初めて飲んだ。アジア産のウイスキーはサントリーをはじめとしたうまいのを若い頃から飲んでいて、とくに学生時代は日本酒よりも安くて酔えるトリス（三百三十円）がおれたちの味方だった。だから男どもと集まるとこいつをグビグビやってみんなで酔っぱらっていた。

大人になって世界のウイスキーを知った。とくにシングルモルトのうまさにはまってスコットランドなどには何度か行って蒸留所までおしかけ、ヨーロッパにはいろんなシングルモルトがあっていいなあ、などと思っていたものだ。

ところがつい最近、このカバランがうまい！という情報が仲間から伝わってきた。

ん？　アジアのシングルモルト。

その情報をくれた友人（スコットランドまで一緒に行った）にカバランが飲めるバーに

連れていってもらった。

当初、正直に言うとあまり期待していなかった。というのは十年ぐらい前にインドシナ半島をラオスからベトナムまでメコン川沿いに下る旅をしたとき、あれはラオスであったか。メコンウイスキーというものに遭遇し、その蒸留所まで行って飲んだことがある。

川岸に掘っ建て小屋を作ってそこで土瓶で造っている褐色をした酒でウイスキーとはだいぶ状態も味も違うものだったのを思い出したからだ。暑い国のウイスキー?

しかしカバランを飲んでびっくりした。欧米のいろんなウイスキーに負けないくらい美しくも蠱惑《こわく》的な、魅力に満ちたボトルに入っていて、あややや!とのけぞった。

まずはオンザロックで飲んだ。ぼくはボウモアとかラフロイグといったシングルモルトが好きなのだが、このシングルモルトは喉やカラダにやさしい味だった。そしてなによりも、いい酔いごこちだった。

ライ麦ウイスキーをさがして

ライ麦から造ったウイスキーを売っている店をやっと見つけた。サントリーから出ている『JIM BEAM』である。四十度でも軽く甘い味だからストレートでぐいぐいいけるがそのぶんグイグイ酔っていく。

気のおけない仲間うち三〜四人と新宿の小さなビルの地下二階にある暗闇酒場で飲んでいるからあまりたいした肴もなく、ただもう酔うために飲む！というういつもの大バカ貧困濃密時間だ。

むかしウイスキーの取材でスコットランドに行ったとき、エディンバラもグラスゴーにも石で作った小さな要塞のような薄暗い酒場がやたらに多いのに驚いた。地階なんかいかにも秘密と悪魔が結託しているようで、客は黙ってじっくり飲んでいる。スコッチをストレートで飲むのが主流で氷などで薄めたりするとあからさまにケーベツされそうだった。だいたいバーにはビールなど置いてないようだったし。

それで見栄をはってシングルモルトをストレートでガブガブやっていたら確実に酔っていった。そのときぼくよりはるかに酒飲みの案内人が教えてくれたのがライ麦のウイスキーだった。これは重厚と言われるポルトガルのポートワインよりもさらに軽い、という説があるが実際にポルトガルの酒場に行って飲むとポートワインのずっしりした重さと迫力はたいへんなもので、日本にポートワインが流行らなかった原因と言われるお子様向きみたいな赤玉ポートワインが早くに作られてしまった罪は重い。

で、そのライ麦を原料にしたウイスキーだが、この軽い甘さはけっこうクセになる。いくらでも飲めるので結局は最終的に酔っぱらっていくのだが、年代もののスコッチがどこか闇のほうからわらわら攻めてくるマクベスのような攻撃力はなく、それでライ麦ウイスキーには油断してしまうのだろう。

ぼくはもうすでにじいさんなので今はライ麦ウイスキーを炭酸水で割って軽くやさしくして飲んでいる。

本格サウナはマールかグラッパで

サケは清酒にしてもビールにしても、風呂上がりに心身ともにサッパリしたところで飲む、というのが当然ながら精神感覚的に一番いい、ということは、もう「法則」のように確立してゆるぎないものだ。

ファラディが何と言おうともフレミングが左手をジャンケンみたいな形にして「法則」を唱えても、「風呂上がりの旨酒の冷え冷えビールの法則」はアインシュタインだって「ま、そういうもんだな」とうなずくはずである。

ところがこのあいだカナダとアラスカの民家のサウナに入ったときのことだ。家庭用のサウナだからタタミでいうと三畳もない。釜は室内にあってコークスのようなものが今を盛りと熱気エネルギーを発散している。温度調節は旧式の人間操作だが、中は薄暗く少しコークス臭く、しかし実に異国の天国はここか、と思わせる心身の滾《たぎ》りがあった。そして話はここからなのだが、そこに少し遅れて、今まで料理を作ってくれていた奥さんとかその妹らしき人とか息子の奥さんといった、さっきまで普通に話をしていた人がずんずん入ってくるのである。しかも全員まぎれもない素っ裸。タオルひとつでナニカを隠すなんて姑息、無粋《ぶすい》なことはしない。

あとで聞いてわかったが、本格的なサウナ文化では男も女も全員マルハダカで入るのがマナーなのであった。

じきに慣れてくるが初めてのときは、外国人としては失礼しなければいけないのではないか、つい腰をあげそうになったが、それはかえって失礼。間抜けなヤボなのであった。

サウナにおける男女マルハダカと日本における温泉の男女混浴は「存在状態」としてまったく次元の違う世界なんだな、と確信した。暑くなって苦しくなると水を飲むのでなく「マール」(ブドウの搾りかすで造られた蒸留酒)か「グラッパ」を飲む。冷えたビールを飲むのは幼児らしい。マイナス二十五度ぐらいの外で飲むストレートの「マール」がうまかった。心からうまかった。人生の特AAA級の思い出である。

チリワインと子羊の丸焼き

チリのワインが懐かしい。

若い頃、まだ開発されていないパタゴニア（アルゼンチンとチリにまたがる地域の総称）をテント担いでさまよっていたことがあった。その頃、ワインを買えるのは偶然に頼っていた。雑貨屋で埃《ほこり》にまみれたような古いワインを見つけ出し、安く買ったりした。日本では見ないバケツのように大きな瓶だった。

とんでもなく安く、五百円ぐらいで手に入れた。その頃は牧場で子羊をやはり五百円ぐらいで買えた。今思うにあれは牧場で働いている牧童がそこらを走り回っている子羊をひょいっとつかまえて、ぼくたちに売ったのではないかと思う。当時は日本と貨幣価値がまったく違っていて、五百円でも牧童はたいへんな儲けだったはずだ。

マゼラン海峡の見えるところにテントを張って、仲間とワインで乾杯した。

道案内として雇ったボリビア人がナイフでいとも簡単に子羊をさばき、それを丸々焚き火で焼いて食べる、という思い出せば信じられないくらいワイルドな旅をしていたのだった。

子羊の肉は遠火三十分ぐらいでいい匂いになり、好きなところをナイフで切り取って食べる。そのとき「アヒ」というその地方独特のトウガラシを基本にした調味料をなすりつけて食う。アヒは魔法の味で、肉はやわらかくなり、世の中にこんなにうまい肉はない、と思わせる奥の深い味になった。その日からぼくは大の羊好きになっていったのだが、日本人はなぜか羊の肉を固くて臭くてまずい、と言う人が多い。羊を食い慣れていない民族の先入観だけでものを言っているのだろうと思う。

羊は草原や山脈の風景によくなじむ「風」の贈り物のような味がする。

パタゴニアの草原をいくと毎日羊の群れを見る旅になる。うまそうな肉がモコモコ走っているようで腹が減っているときに見るのはキケンであった。

シャンパンの痛い思い出

ぼくの娘はニューヨークで弁護士をしていてもう長いこと暮らしており、国籍もアメリカである。年に最低一度ぐらいは仕事で帰国する。けれど忙しい仕事なので、たとえば一週間日本にいても自宅に泊まりにくるのは一～二日ぐらいだ。そういう日は、いわゆるふるさとのおふくろの味である日本の家庭料理を妻はせっせと作っている。

娘はアメリカの生活でシャンパンをよく飲んでいるものだから、久々の日本への帰国がわかると、早手回しにインターネットで好みのシャンパンをわが家に送ってくる。そうして自宅に泊まる日はそれらのシャンパンを飲むので、ぼくも自然につきあうようになっている。でもむかしからぼくはシャンパンというものにあまり知識がないし、常飲するわけでもないので、まあ二～三日はいいかと娘のそれにつきあうようにしている。

あれはぼくにとっては少々甘すぎるのもあって、そんな状態にならなければ酔うまで飲むということはまずしない。けれどどんな酒でもいったん酔ってくるとそれらをぐいぐい飲むことになる。

そんなことでわかったのは、酒というのは、炭酸が混じっていると、普段飲み慣れない者には酔いがかなり早く強く効いてくるようで、まあそれはそれでのんべえには嬉しいものだから、ついついもう一本、などという具合になり、結果的にかなり飲んでしまい、普段のビールやウイスキーなどとは異質の酔い方をするようだ。

具体的に言うと、そんなあるとき、ぼくは何を勘違いしたのか（たぶん相当酔っていたのだ）うっかり椅子のないところに座ってしまった。いや、正確には椅子がないのだから、そのままどすんとしりもちをつくことになる。我ながら感心したのは、そのショックや痛さの渦中《かちゅう》にあって、手にしていたグラスの中身はまったくこぼさなかったことだ。

けれどダメージは間もなくやってきた。痛みが骨身にしみるのだ。骨折したかと思い翌日医者に行ったが無事であった。以来、シャンパンは、やはりよほどのことがないと飲まないようにしている。

鍋でシャンパン

アメリカで暮らしている人が二人、この新年（二〇二四年）に泊まっていった。シャンパンが好きな人たちで、連日シュッパッなどといってシャンパンを景気よくあけていた。

一人はレストランの仕事をしているからか日本の安い店をいろいろ知っており、円安であることに感謝しつつ「こんないい状態はない」などと力をこめて言っていた。日本の鍋料理にシャンパンがぴったりだ、といってガバガバ飲むという変わった人々だった。ふだん、家でもソトでもシャンパンなどまず飲まないから、まあ彼らのいるあいだ、身をまかせよう、とずっとそれにつきあった。彼らのいう話を聞いているとシャンパンはやはりワインの範疇で飲んで気分がよかったらそれを飲み続け、二本でも三本でもぐいぐいやってしまうのがハッピーだ、という考えだった。

結婚式のパーティーとか出版記念パーティーなんかで最初のカンパイで飲む、というのがシャンパンだったから鍋を囲みつつ数人でずっとシャンパンを飲むなんてめったにない体験だった。その日のシャンパンはすべて彼らが持ち込んだものであり、結構安いものだった。彼らは彼らで「日本では贅沢し放題だ」と言っているようだった。

ありふれているサケでも国の考え方で飲み方が大きく変わる。

アメリカ人らは中、小型の瓶ビールをラッパ飲みする。清涼飲料の感覚だ。その日は自宅飲みながら缶ビールだったからグラスに注いで飲んだ。家の中で缶ビール口飲み、というのはあまりやりたくない雰囲気だ。

アメリカ映画などで、お客さんがやってくるとオフィスに用意されている高級そうなウイスキーなどを「すすめている」光景をよく見るので、そういう風潮は本当にあるのか聞いた。「むかしの田舎なんかで自慢半分にそういうことをしていた時代があったが、今はないよ」とあっさり言っていた。

氷酒

「サケの氷球」というものがあるらしい。一度お目にかかりたいですな。文字通り酒を凍らせて飴球のようにする。口の中でゆっくり溶けていくにつれ酔いもじわじわ口中に広がっていくらしい。なんだかノスタルジックで魅力的じゃあないですか。

むかし体験したような、話に聞いただけのような。そもそもそういうものが世の中に存在してるのか、単なるぼんやりした希望的な思い出でしかないのか。

もしそういうものが造れて、存在していたとしても、久しぶりにまあ「球酒を一ケ(一杯でもイッコンでもない)やりますか」なんて言って大の大人が「酒球」カチンとぶつけあって、この場合は「乾杯」じゃないな「乾球」ですか。そんなものをやってみたいですなあ。

本で調べたら凍らせた「酒球」は存在するようです。

一般的にアルコールは本来のアルコール度数にマイナス度数をつけた温度で凍ると言われているそうです。アルコール度五度のビールはマイナス五度。アルコール度二十五度の焼酎はマイナス二十五度。日本酒は十二〜十八度ぐらいなので、家庭用冷蔵庫でしゃぶり球ができないことはない――ということになります。本当でしょうか。

この小文では日本酒はマイナス十八度ぐらいでシャーベット状態になると書いてます。「みぞれ酒」と言われていて風流ですなぁ。

会津地方に行くと白濁した日本酒をよく飲んでいます。まあドブロクですな。これのシャーベット状態になったやつを口の中で転がしたくなりますなあ。でも、まだこの話にはカチンカチンに凍った酒の球の話は出てきません。一度だけ、ぼくはもうちょっと、を体験しているのです。ロシアの厳冬期にキャンプしました。マイナス五十度。地元の人はウオトカを雪の中に差し込んで二時間ぐらい冷やして飲んでいました。まだ球形にはならずトロトロと静かに溶けているところでしたなあ。

木から造るサケ

東京新聞二〇二二年十月三日付の夕刊の一面トップに「おお。これは！」というような記事があった。ご存じの人もたくさんいると思うが「樹木から酒を造った」というニュースである。世界初のコトなのだという。そうだろうなあ。しかも日本での話なのだ。

国の研究機関である森林総合研究所が開発したもので、簡単に説明すると、樹の成分を千分の一ミリ以下に粉砕して、細胞を壊し、細胞壁に覆われていた糖分のもとを水と混ぜ、微粒子状に粉砕して、これに酵素と酵母を加え、発酵させ蒸留して造りあげたものだという。ちょっと難しいが、これは蒸留酒を造る段取りそのものというふうに思った。

重さ約二キロのスギの木から七百五十ミリリットル（ウイスキーボトル一本分）の酒

ができたという。アルコール度数は二十五パーセント。なるほどこれは十分「樹木酒」である。

　この記事を取材した記者はスギのほかにシラカバ、ミズナラの樹木酒を試飲したという。なんだか爽やかなイメージだ。

　樹木酒はできたてであっても「たる」の中で熟成されたような味わいだったという。そうだろうなあ。これぞ木から生まれたサケの底力ではあるまいか。

　以前、シングルモルトのウイスキー蒸留所を訪ねてスコットランド各地に行ったがヘブリディーズ諸島のアイラ島の蒸留所で、百年間ウイスキーを熟成させていたという「たる」のカケラをかじったことがある。「たる」の木に存分にウイスキーがしみ込んでいるのが口の中でわかる。木とサケの一体化だ。その記憶が強烈によみがえってきた。

　現代は森の中を歩きながら「この木のサケが飲みたい」などと言っても決して夢ではない時代になってきたのだ。

　クロモジの木からも酒が造られたという。クロモジはツマ楊枝のもとである。たらふく飲んだあとにこの酒を飲むといいのだ。ん？

反省と乾杯

あとがきに代えて

いやはやサケだらけの本を書いてしまいました。わが人生、どうしてこんなにだらしなく飲んでばかりいたのだろう。

ふりかえると、幼い頃からの生活環境による影響が大きいんだろうな、とたちまちヒトのせいにしてしまいます。

ぼくの育った家はたくさんのヒトが出入りすることが多く、そのせいではないか、と思うのですよ。

ぼくの父親の仕事は明治の頃から手掛けている公認会計士と、それに連動したような経営士という仕事があわさったようなもので、なにかひとつの仕事が片づくと大勢での宴会、ということが多かった。

もうひとつ、母親が舞踊教室というものをやっていてこれもなにかと人が集まる世界で、なにかというとすぐ宴会になっていっていた。

父親の仕事関係のヒトはなにかあると一升瓶をぶら下げてわが家にやってくるのでした。まともな家だと母親のほうはそれを見るとまたもや宴会なのかい、といって実家に帰っていってしまうのだろうけれど、わが家はそうはならなかった。

母親のほうには踊りの催しがあると一升瓶関係のヒトがやってきて三味線、小太鼓ペンペコドンドンの世界になる。

小学生の頃からそういうものを見ていたのでそれらがわが人生に強く関係していったんだろうと思うのですよ。ぼく自身は子供の頃はサケとは当然無縁だったけれど、ここでまたもやヒトのせいにするのですが、育ったそういう世界の影響は大きかったように思うのです。

家の中に三味線や小太鼓がいつも置いてある家というのも珍しかったはずです。当然それらに影響されて青年時代にはもう宴会を体験していた。友人らが集まるとたちまち「カンパーイ」方面に向かう。

ぼくは柔道をやっていたので勝っても負けても、サカズキをかかげていた。趣味で山に行き、川に行き、海に行っても乾杯だった。人生ずっと同じようなコトばかりしていたので、この本の編集、校正方面のみなさんにはずいぶん、手を煩わせたことと思います。

右、お詫びしてあたまを下げ、反省の杯をかかげます。

初出一覧

「月刊たる」

たる出版、2012～2024年

1 海釣りと焚き火酒

流木焚き火酒の魅惑　第16回　2013年7月号
新鮮魚には日本酒だ　第27回　2014年6月号
冬の焚き火酒のシアワセ　第47回　2016年2月号
ドロメ祭りでイッキ飲み　第26回　2014年5月号
春の焚き火にはホットウイスキー　第50回　2016年5月号
波見酒、火の踊り酒　第62回　2017年5月号
釣りたてイカの天日干しがウメーヨオー　第43回　2015年10月号
秋の堤防小サバ釣り　第68回　2017年11月号
釣り魚の味わいどき　第80回　2018年11月号
堤防の悲しいサケ　第91回　2019年10月号
おいしさが海風に乗ってくるようだ　第56回　2016年11月号
五キロのタコで豪快宴会　第109回　2021年4月号
宮古島のオトーリ　第72回　2018年3月号
泡盛のソーダ水割りがヤルぜ！　第73回　2018年4月号
波濤酒と椰子蟹　第110回　2021年5月号
八丈島のキツネ　第54回　2016年9月号

小笠原諸島のラム酒　第111回　2021年6月号
奥会津の白濁酒　第74回　2018年5月号
山里の春のしあわせ　第98回　2020年5月号
北の冬の大ごちそう　第97回　2020年4月号
赤ワインだって冷やしたほうが　第104回　2020年11月号

2 酒と青春

ハイボールの追憶　第79回　2018年10月号
真夏のビールデスマッチ　第137回　2023年9月号
あばれ酒　第92回　2019年11月号／第93回　2019年12月号
まぼろしの「くりから」　第135回　2023年7月号
納涼スイカロック　第65回　2017年8月号
パウロさんのサケ　第48回　2016年3月号
消えた新宿の名物店　第41回　2015年8月号
スーパーカクテル　第52回　2016年7月号
ライオンビアホール　第75回　2018年6月号
銀座の屋上で車座乾杯　第89回　2019年8月号
謎のスリスリ　第82回　2019年1月号
沖縄の贅沢「ゆんたく」　第42回　2015年9月号
早朝とりたてのヤシ酒　第136回　2023年8月号
酔っぱらいみこし　第66回　2017年9月号
酒粥　第86回　2019年5月号

しじみ　第113回　2021年9月号
しあわせの雪洞宴会　第130回　2023年2月号
芸者ワルツ　第134回　2023年6月号
ブランデーのお湯割り　第60回　2017年3月号

3 ビール礼讃

音を立ててグラスを磨く　第55回　2016年10月号
しゃらくさい乾杯　第57回　2016年12月号
悶絶生ビール　第77回　2018年8月号
古代の乾杯　第49回　2016年4月号
うまいビールの不滅の法則　第45回　2015年12月号
ジョッキの中の氷盤　第30回　2014年9月号
ラッパ飲みの快楽　第63回　2017年6月号
痛風問題　第33回　2014年12月号／第34回　2015年1月号／第35回　2015年2月号
ビールと駅弁　第69回　2017年12月号
麻雀と酒の関係　第39回　2015年6月号
尿酸値と、救いの神ノンアル　第90回　2019年9月号
オンザロックのノンアル割り　第94回　2020年1月号
人生は黒ビールだ　第129回　2023年1月号
久々の逸品　第64回　2017年7月号
ランチョンのしあわせ　第128回　2022年12月号

4 コロナと家飲み、近場飲み

新発見、生ハムの実力　第61回　2017年4月号
ありがとう、コロナビール　第99回　2020年6月号
規則的なコロナの日々　第102回　2020年9月号
いま一番好きなサケと時間　第105回　2020年12月号
入院とビール　第114回　2021年10月号
懐かしい居酒屋時代　第116回　2021年12月号
名古屋のうまさに詫びる　第117回　2022年1月号
危険な深夜の一人ザケ　第118回　2022年2月号
国籍不明のサケ　第119回　2022年3月号
いい奴、瓶ビール　第121回　2022年5月号
ワインの水割り　第124回　2022年8月号／第141回　2024年1月号
下駄と鴨南　第87回　2019年6月号／第125回　2022年9月号
酒を置く場所　第126回　2022年10月号
春らんまん、秘密の一人酒　第133回　2023年5月号
わしらの屋上宴会　第81回　2018年12月号
北風に似合う焼酎の梅干し割り　第131回　2023年3月号
新宿三丁目がすごいぞ　第147回　2024年7月号
野球はビール、相撲は日本酒か？　第139回　2023年11月号
酒場ルポと飲む　第122回　2022年6月号
大酒飲み大会の実況　第149回　2024年9月号
お約束の「お迎え」ずずる感　第148回　2024年8月号

初出一覧

5 人生いろいろ、酒もいろいろ

酒は根性でいくらでも造れる　第2回　2012年5月号
突然ながら、好きな酒ベスト5　第24回　2014年3月号
わが浮気の酒遍歴　第71回　2018年2月号
いきなりハイボールなのだ　第76回　2018年7月号
ガクンと膝にくる酒　第67回　2017年10月号
カクテルがよくわからない　第32回　2014年11月号
懐かしのピスコ　第112回　2021年7月号
スペイリバーの原液の水割りウイスキー　第15回　2013年6月号
海のウイスキー『ボウモア』の深い陶酔　第22回　2014年1月号
極低温のウオトカにトマト丸かじり　第58回　2017年1月号／第142回　2024年2月号
ウオトカ・クミス　第138回　2023年10月号
ジャガイモ酒を発見！　第28回　2014年7月号／第36回　2015年3月号
そろそろグラッパを　第38回　2015年5月号
カバランにびっくり　第84回　2019年3月号
ライ麦ウイスキーをさがして　第108回　2021年3月号
本格サウナはマールかグラッパで　第29回　2014年8月号
チリワインと子羊の丸焼き　第123回　2022年7月号
シャンパンの痛い思い出　第70回　2018年1月号
鍋でシャンパン　第143回　2024年3月号
氷酒　第146回　2024年6月号
木から造るサケ　第140回　2023年12月号

椎名 誠

しいな・まこと

一九四四年、東京生まれ。東京写真大学中退。流通業界誌編集長を経て、作家、エッセイスト。『さらば国分寺書店のオババ』でデビューし、その後『アド・バード』(日本SF大賞)『武装島田倉庫』『銀天公社の偽月』などのSF作品、『わしらは怪しい探検隊』シリーズなどの紀行エッセイ、『犬の系譜』(吉川英治文学新人賞)『岳物語』『大きな約束』などの自伝的小説、『犬から聞いた話をしよう』『旅の窓からでっかい空をながめる』などの写真エッセイと著書多数。映画『白い馬』では、日本映画批評家大賞最優秀監督賞ほかを受賞。

思えばたくさん呑んできた

2024年10月24日　第1刷発行
2024年12月5日　第3刷発行

著者――椎名 誠
装幀者――浅妻健司
発行者――碇 高明
発行所――株式会社草思社
〒160-0022
東京都新宿区新宿1-10-1
電話 営業03（4580）7676
編集03（4580）7680
本文組版――浅妻健司
印刷所――中央精版印刷株式会社
製本所――加藤製本株式会社

ISBN978-4-7942-2749-2　Printed in Japan　検印省略